Présentation de l'auteur

Ma démarche est celle d'un architecte d'imaginaires.

Écrivain, compositeur et plasticien, j'affectionne le dialogue des disciplines, afin d'offrir à mes lecteurs un art total.

Ce livre s'inscrit comme un objet visuel. Les illustrations jalonnant le récit sont de ma main, telles des fenêtres ouvertes sur l'ineffable.

L'immersion se prolonge au-delà des mots et des perceptions visuelles. Un album symphonique, portant le titre de ce volume, a été composé spécifiquement par mes soins.

Il ne s'agit pas d'un simple accompagnement, mais de la bande originale du roman, disponible sur toutes les plateformes musicales.

ISBN : 978-2-9589776-6-5

Dépôt légal : Février 2026.

Éditeur : Stéphane Le Mentec, 75008 Paris.

Achèvement du tirage : Février 2026.

À mes fidèles lecteurs, membres de ma famille et amis,

Pour votre soutien indéfectible,

Au Docteur Antoine Grosdemange, Psychiatre, Neuropsychologue,
Et au Docteur Arthur Leclerc, Neurochirurgien,

Pour vos précieux conseils,

Cet ouvrage vous est dédié.

Le Sublime Sylvestre

Roman

Stéphane Le Mentec

Première Partie

Largamente

I

[1]

[1] Jean Sibelius, Extrait de *Tapiola*, Op.112, 1926, Breitkopf & Härtels Partitur-Bibliothek (Nr. 3328).

«  ohan ? »

Une voix étouffée venait de résonner dans la nuit. L'intéressé s'immobilisa avec stupeur, sans un bruit. Son cœur battait la chamade. Quelqu'un d'autre cheminait-il à ses côtés ? Impossible. Il se trouvait seul, à l'orée de la forêt silencieuse. Sous ses orteils nus, il éprouva la délicate caresse de la mousse. Un tapis soyeux, riche, opulent, chatoyant. Peau marmoréenne sur l'émeraude. Après quelques secondes, il se risqua à une discrète rotation de la tête. Rien n'indiquait la présence d'une quelconque compagnie. Il sentit ses pulsations ralentir. Les effets de la maladie ? Déjà ? Il déglutit, avec difficulté. Au-dessus de lui, les étoiles brillaient avec maestria. Constellations, éclats stellaires, à faire pâlir d'envie les *Deux hommes contemplant la lune*[2], de Caspar David Friedrich. L'avantage de résider loin des villes. Aucune pollution lumineuse, pas la moindre construction obérant le sublime de ce paysage délicieusement sylvestre.

Johan se remit en route, sans pour autant hâter le pas. Depuis le diagnostic, il trouvait un réconfort indéniable à ces déambulations nocturnes. Et il tenait surtout à les conduire à son rythme. Sa cadence. Suffisamment de son existence lui échappait désormais, pour accepter de compromettre ces précieux instants de liberté. Les derniers ? Pas

---

[2] Friedrich, *Deux hommes contemplant la lune*, 1819, huile sur toile, 33×44,5 cm, Galerie Neue Meister, Dresde.

sûr. Sitôt rentré de l'hôpital, il avait accompli ses propres recherches, sa veille documentaire. Bien entendu, il présumait une chose certaine : rien ne pouvait réduire ses médecins au rang de simples pythonisses. Ils détenaient le savoir d'Hippocrate, quand ses compétences demeuraient ailleurs. Pour autant, Johan croyait vivement au pouvoir de l'érudition, et à la force conférée par la connaissance. Hors de question d'apparaître en choéphore de sa naïveté, fracassée sur l'autel d'une implacable réalité, aussi funeste se révèle-t-elle. Celle de termes médicaux se soustrayant à sa compréhension. Il étudierait l'ennemi, le forcerait à abdiquer, et conserverait la vie, entouré de ces valeureux alliés pourvus de stéthoscopes. Que ce belligérant tenace loge à l'intérieur de sa boîte crânienne importait peu.

« Glioblastome, tumeur de haut grade de malignité »

En cette occurrence, la voix se faisait intérieure. Johan se l'était suffisamment répété, comme pour conjurer le sort. Il en connaissait toute la vénéneuse majesté. Une antienne, une mélopée insidieuse. Combien de fois cette phrase avait-elle agité ses rêves enfiévrés ? Las, revivre et ressasser *ad nauseum* la prosodie du neurochirurgien n'avait rien changé. Il fallait procéder à l'exérèse de la tumeur. Déjà, il bénéficiait d'une orientation favorable de la providence en la matière. Certains patients ne disposaient pas d'une telle chance : les tissus concernés se révélaient inaccessibles, ou l'opération menaçait de laisser l'individu affligé de sévères déficits cognitifs. Décision était alors prise « d'accompagner », de « soulager ». Douce pudeur. Pouvait-on réellement escorter la mort ? Les médecins s'arrangeaientils avec la faucheuse, pour que celle-ci se montre plus clémente ? Venait-elle pourvue de sa faucille, mais entourée d'un quatuor de musique de chambre, pour détendre l'intéressé ? Décéder au son d'un vibrant violoncelle, quel charme ! Johan repensa au *Trio pour piano et cordes, opus 8*, de Frédéric Chopin[3]. Avec un peu d'imagination, le métal de la vouge pouvait même constituer de délicats sons de percussion, sorte d'expérimentation acoustique d'un au-delà douillet. À moins qu'on ne lui joue la *Sonate pour violoncelle et piano, opus 65*[4] ? Une œuvre de circonstance, s'agissant de la dernière publiée du vivant de ce compositeur. Éminemment romantique. S'agissait-il de son fugace *largo*, aux teintes automnales ? Il sourit, puis son visage se fit plus mélancolique. Durant ses recherches, il avait tâché de déterminer quelle médiane de survie concernait ces tristes sires, ceux qui n'avaient pas accès à l'opération. Trois mois, tout au plus. Combien de promenades au clair de lune, en 90 jours ? Sur la fin, pouvait-on encore marcher ? Fallait-il déambuler en fauteuil ? Les roues de ce carrosse d'acier et de caoutchouc symboliseraient-elles le cycle infini de la résurgence des tissus tumoraux ?

Johan frissonna, et s'appuya de sa main gauche sur un sémillant conifère, enraciné à proximité. Le contact de l'écorce se révélait des plus agréables. Combien de nuits étoilées lui restait-il ? Son intervention porterait-elle ses fruits ? Si les médecins s'étaient montrés bienveillants, il lui avait aussi livré la réalité la plus crue. Il conviendrait d'apprendre à vivre avec la tumeur. Elle ne disparaitrait

[3] Chopin, *Trio pour piano et cordes (opus 8)*, 1828-29.
[4] Chopin, *Sonate pour violoncelle et piano (opus 65)*, 1845-46.

pas, comme un sombre songe au réveil. Quoi qu'il advienne, tenter d'en ôter la plus grosse partie ne l'empêcherait pas de repousser, sur les bords de la cavité. Curieusement, Johan y projetait de nets parallèles avec le jardinage. Cet adversaire, telles les mauvaises herbes menaçant la grâce d'un parterre savamment entretenu, ne lui laisserait aucun répit. Il fronça les sourcils. Il voulait voir croître des conifères, pas des glioblastomes. Le vent agita doucement les feuilles de l'arbre. Il aurait aimé faire corps avec ce majestueux végétal, fondre ses synapses avec ses racines, sa chevelure avec ses branches. Alors qu'il fermait les yeux, une voix limpide retentit, tout près :

« Cela vous arrive de répondre, quand on vous appelle ? »

***

Johan ouvrit brusquement les paupières. Devant lui se tenait une créature majestueuse, altière, à l'apparence sculpturale. Sa peau semblait formée de jade, ses oreilles se révélaient pointues comme un elfe, ses membres délicats et robustes, tel le roseau. De capiteuses fleurs de printemps lui tenaient lieu de chevelure, dans un enchevêtrement à faire pâlir de jalousie Ondine elle-même. Sa bouche mutine s'élargit à nouveau, et il glissa :

« Tapio, je me prénomme Tapio ! »

Seul le mugissement du vent accueillit cette assertion, ce qui parut dépiter quelque peu son auteur. L'être en question reprit, cette fois subtilement courroucé :

« Bon, la plus élémentaire des corrections consisterait à vous présenter, très cher ! »

Johan, les yeux exorbités, se racla la gorge. Durant ses lectures, il avait croisé la mention de symptômes pseudo-psychiatriques, lorsqu'il s'agissait des glioblastomes. S'il s'y était préparé, la cruauté de ce postulat se matérialisait cette nuit dans sa violence la plus drue. Dément, fou, aliéné ? Il perdait l'esprit. Soudain, il sentit un pincement, à sa joue droite. De nouvelles hallucinations ? Son regard s'égarant vers l'oblique de sa pommette gauche, il constata que l'objet de ses perceptions délirantes usait de ses doigts branchus pour attirer son attention. Se pourrait-il qu'il existe bel et bien ?

« Quel malheur ! Même ce monde parait abandonné à l'agonie ! Ce représentant de leur peuple semble aux affres, comme plongé dans un coma térébrant… »

Tapio ponctua cette tirade d'un soupir désabusé. Il desserra son étreinte, puis une larme saphir roula sur sa joue, ruisseau liquide parmi des valons d'émeraude luxuriants. Johan contempla son acolyte avec incrédulité. Se pouvait-il que cette scène se joue réellement devant lui ? Ou relevait-elle d'une progression galopante de ses errances cognitives ? Il connaissait vaguement le personnage de Tapio, issu du *Kalevala*[5] d'Ernest Lönnrot. Il avait disposé de l'opportunité d'analyser l'œuvre, lors de ses incursions dans l'étude des civilisations de Carélie et de Fennoscandie. Il s'agissait sans nul doute d'un des témoignages majeurs de la langue finnoise, véritable symbole et épopée nationale finlandaise. Surtout, sa publication s'inscrivait dans un contexte géopolitique et culturel d'une rare complexité : la Finlande, érigée en Grand-Duché autonome au sein de l'Empire russe depuis 1809, se révélait dans une quête impérieuse de son identité propre, cherchant à se définir en dehors des sphères d'influence suédoise et russe. Tapio s'y trouvait abondamment décrit. Il y incarnait le dieu sylvestre, souverain des étendues de conifères et de leurs habitants. D'une voix faible, confinant au murmure, Johan s'enquit :

« Vous… existez ? Enfin… réellement ? »

[5] Ernest Lönnrot, *Kalevala*, 1835.

Ces quatre mots pesaient le poids d'une armée grammaticale, en dépit de leur incontestable simplicité. L'intéressé releva aussitôt la tête, et ses yeux s'écarquillèrent, pareils à deux lucioles brillant dans la pénombre du sous-bois. Après une brève hésitation, il reprit, incrépatif :

« Bien évidemment. Quelle question ! Je suis Tapio, roi de la forêt. Monarque de ce royaume verdoyant, maître absolu de la faune qui y prospère. Mon domaine, Tapiola, s'avère bien plus qu'un lieu géographique. Il s'agit d'une entité vivante, sacrée. Un espace où les lois de la nature sont souveraines, et où tout humain n'est qu'un hôte précaire, un invité de passage, toléré sur preuve de sa déférence acquise dans le temps… Et je ne sais toujours pas qui vous êtes, frêle impertinent ! »

Johan, mi-amusé, mi-exaspéré de ce courroux soudain, décida de jouer le jeu. Après tout, s'il perdait la raison, autant que cette folie se montre stimulante. Il n'osait toutefois pas s'autoriser le luxe d'analyser Tapio comme le fruit d'une quelconque réalité tangible. Et puis l'usage du qualificatif *jeune* ne lui avait pas échappé, dans la bouche de son interlocuteur. À 45 ans, ce terme lui était de plus en plus rarement apposé. Il en avait conscience, le faste de sa primeur s'était évanoui depuis fort longtemps. Si ce Tapio constituait certainement une vue de son esprit enfiévré, il s'agissait au moins d'une perspective aimable, diligente, roborative. Rasséréné par ce cheminement presque logique de sa pensée, Johan se ressaisit pour de bon, et énonça avec calme :

« Votre majesté m'honore ! Je me prénomme Johan. Pour vous servir. »

Tapio le considéra avec une alacrité retrouvée. Sans doute ce Johan s'était-il montré impressionné au premier abord, ce qui lui avait fait perdre son latin. Après tout, lui-même s'éblouissait régulièrement tout seul ! Si l'on y songeait un instant, qu'un humain puisse croiser la route d'un si sublime monarque procédait du miracle. Ce singulier visiteur bipède allait-il s'évanouir ? S'abandonner à la pâmoison de cette auguste et souveraine rencontre ? Il tâcha de contenir la magnificence dont il savait faire montre, et lâcha, faussement badin :

« Maintenant que vous vous tenez là, devant moi, il se trouve que j'aurais grand besoin d'un chevalier compétent. Oh, trois fois rien, une futilité. Une obscure histoire de trône, et de cendres. Et de royaume, aussi ! »

À mesure de cette logorrhée enjouée, les sourcils de Johan s'étaient soulevés, si bien qu'ils siégeaient tous deux très au-dessus de ses globes oculaires, désormais. Tapio n'était pas sûr d'interpréter correctement cet indice de la communication non verbale. Il s'arrêta, dans l'expectative. L'humain avait-il fini par céder devant la maestria de son interlocuteur, c'est-à-dire lui-même ? Quoi qu'il en soit, il importait de ne pas réagir *ab irato*. Il s'enquit, usant de toute la patience dont il se croyait capable :

« Tout va bien ? Nous pouvons nous asseoir sur cette opulente mousse, si vous consentez à goûter aux charmes exquis de mes terres. Si je me trouve actuellement démuni de mes serviteurs, je puis vous assurer qu'un bref repos paraitrait tout indiqué, dans votre… fâcheuse situation. »

Johan se mordit la lèvre inférieure. Tapio faisait-il référence à la tumeur, dans une docte mise en abyme de sa propre condition ? Et qu'incarnait cette improbable histoire de royaume ? Ou de cendres ? Il n'en était même plus certain. Le neurochirurgien n'avait nullement mentionné une semblable richesse dans l'étendue des hallucinations. Cette néoformation devait vraiment exercer une pression colossale, à tous les mauvais endroits. Que n'aurait-il pas donné pour comprendre le rationnel neuroscientifique derrière une telle hypothèse ? Son cerveau se résumait-il à une gigantesque pâte à modeler, déformée par une protubérance tierce ? Sa boîte crânienne couvrait un espace fini, tandis que son contenu pouvait visiblement évoluer dans sa masse totale. Johan le savait, certains patients développaient un large spectre de symptômes inattendus, lorsque le matériau cérébral d'origine venait à se reconfigurer brutalement au sein de sa carapace rigide. Un instant, il s'imagina un château, dont les hôtes se multipliaient, sans qu'il soit pour autant envisageable d'en repousser les murailles.

La comparaison avec l'âge féodal s'arrêtait néanmoins ici. Dans le cas du glioblastome, les nouveaux occupants n'apportaient *a priori* rien de bon. Que se passait-il, quand les fondations mêmes de l'ouvrage se trouvaient menacées d'implosion ? Tout se jouait telle une détonation cruelle, abattant insidieusement les fortifications prétendument inexpugnables des plus invulnérables bastions. Le cheval de Troie ultime.

Johan se reprit. Voilà qu'il laissait de nouveau vagabonder son esprit, bien au-delà du raisonnable. Aurait-il dû consulter un psychiatre, afin de se voir prescrire les molécules les mieux adaptées à cette réalité ? Un médicament pouvait-il prémunir un édifice de la ruine, pour peu qu'il soit administré à temps ? Il espérait tout du moins que l'exérèse prévue contribuerait à limiter ces phénomènes troublants, d'autant qu'elle serait associée à un habile dosage de radiothérapie et de chimiothérapie. L'avantage, c'est qu'il allait véritablement pouvoir économiser sur le budget coiffeur. Ressemblerait-il à Bruce Willis, dans *Red*[6], ou au personnage de Nosferatu, dans *Nosferatu le vampire*[7] ? Dans tous les cas, il n'avait guère le choix. Amusé, il tenta d'imaginer à quoi pourrait s'apparenter une telle tractation :

« Chère tumeur ? En fait, j'aimerais conserver mes cheveux. Je les préfère vraiment ainsi. Pareil pour mes sourcils. Seriez-vous ouverte à n'emporter que les poils de mes membres supérieurs ? Ou ceux de mes jambes ? Vous voyez, je suis disposé aux pourparlers ! »

Certains glioblastomes se montraient-ils flexibles ?

« OK pour les bras, je vous laisse le scalp, mais sachez qu'il ne s'agit en rien d'un précédent ! À la prochaine rechute, il faudra entendre raison. D'autant que ce sont les traitements qui vous ôtent toute pilosité, ne l'oublions pas. Je décline toute responsabilité quant aux conséquences délétères de toute volition prise de votre propre initiative, ou par le truchement de votre équipe médicale. »

Remercierait-il l'invité de son apparente mansuétude ? S'il était de bon ton de reconnaître les efforts de l'autre, au cours d'une négociation, Johan sentait bien qu'il n'était pas en mesure de lutter contre un adversaire d'une pareille stature. D'où l'utilité de ne pas demeurer isolé, face à un tel belligérant. S'il comprenait ceux qui décidaient de partir seuls à la guerre, poussés par un désespoir ineffable, martyrs condamnés d'avance aux plus cuisants sévices,

---

[6] Robert Schwentke, *Red*, 2010, scénario Erich et Jon Hoeber, Di Bonaventura Pictures, DC Entertainment, Summit Entertainment, DMG Entertainment.

[7] Friedrich Wilhelm Murnau, *Nosferatu, eine Symphonie des Grauens*, 1922, scénario Henrik Galeen, d'après le roman *Dracula* de Bram Stoker.

Johan pouvait se féliciter de percevoir l'intérêt de se parer d'un bouclier, fût-il de nature à lui ravir sa soyeuse chevelure. En marge de cette horreur larvée, les gliomes de bas grade de malignité avaient déjà l'air un peu plus sympas, en général. Comme dans les jeux vidéo, auxquels Johan s'adonnait volontiers. Avec ce récent diagnostic, les médecins l'avaient directement projeté devant l'opposant final. En définitive, ce n'était pas juste du tout.

« Jeune homme, je vous assure que vous devriez vous allonger ! Vous êtes plus marmoréen qu'une statue grecque dépourvue de sa polychromie d'origine ! »

Johan considéra Tapio. Il est vrai qu'il commençait à se sentir subtilement vaporeux. Comme si son esprit quittait son corps. Les contours des arbres environnants apparaissaient cotonneux, nimbés d'une brume épaisse, dense, rebondie. De la barbe à papa ? Le brouillard pouvait-il se révéler comestible, dans certaines forêts ? Tapio se dévoilerait-il dieu des confiseries et des nuages en bonbons ? Il repensa à certaines des toiles de Giuseppe Arcimboldo. À défaut de consommer les fruits et les légumes des personnages de ces succulents portraits, comme *Vertumnus*[8], Johan ne dirait pas non à un festin vespéral et impromptu. Il entendit quelques bribes d'une nouvelle intervention franchement inquiète du dieu-forêt, puis ses jambes cédèrent sous son poids. Johan s'était évanoui, ultime pâmoison sylvestre.

***

Quand il ouvrit les yeux, la chambre se trouvait baignée de lumière. Quelle heure était-il ? 10 h. Johan aimait à ne jamais clore les rideaux. Il comptait alors sur l'astre solaire pour guider son rythme circadien. Cette fois, il avait clairement dépassé ses bornes chronologiques habituelles. Il repensa à son rêve, tout en se tenant la tête. Il lui faudrait en parler à l'équipe qui le suivait, à l'hôpital. Une

---

[8] Giuseppe Arcimboldo, *Vertumnus*, 1590, huile sur toile, 70×58 cm, Château de Skokloster, Håbo.

telle description lui vaudrait-elle un séjour un peu plus contraint ? Ou quelques injections délicates, destinées à calmer son emphase potentielle ? Il se murmura, à lui-même :

« Patient agité, administration de Loxapac. Une surveillance restera nécessaire, tant qu'il prétendra se nourrir de brume mystique et de joues humaines, formées de pommes. »

Fermant les yeux, il tâcha de se remémorer le *Vertumnus* d'Arcimboldo. Rodolphe II, empereur des Romains, roi de Bohême, voyait-il réellement ses babines représentées de la sorte, dans la composition du peintre ? Il se trouvait soudain pris d'un doute. Et s'il s'agissait en réalité de poires ? La question revêtait son importance. On ne badinait pas avec les fruits. Il lui faudrait vérifier ce détail, le moment venu. Surpris de la clarté de ce songe, il se redressa sur son lit, puis s'assit, les pieds posés sur le parquet de bois massif. Un matériau chaud au toucher, rassurant. Comme le conifère de la forêt du rêve, ou de sa mousse émeraude.

Animé d'un élan irrépressible, il bondit hors de la chambre, et se dirigea vers l'entrée de la maison, à la recherche d'indices congruents, fussent-ils ceux d'une transe enténébrée. D'une trace d'un somnambulisme mystique, inspiré. Alors qu'il se penchait, examinant avec soin la surface du sol jouxtant la porte, un rire aux accents supercoquentieux le fit sursauter pour de bon.

« Johan ! En chair et en os ! Ravi de constater que votre auguste figure ne s'apparente plus à quelque sinistre gargouille maudite ! Rien de tel qu'une bonne nuit de sommeil, pour rendre à votre teint la fraîcheur de sa maestria ! »

Tapio ponctua cette tirade d'un nouvel accès d'hilarité, puis il claqua dans ses doigts. L'espace d'un instant, rien de particulier ne se produisit. Promptement toutefois, Johan perçut de légers frémissements, en provenance de son jardin. Les bosquets de l'allée principale bruissaient, et ces derniers laissèrent bientôt apparaître d'adorables créatures, à l'aspect indéfinissable. S'agissait-il de branchages en mouvement ? De farfadets ? Ou d'instruments de musique pourvus de pattes rondelettes et dodues ? Comptant rapidement, Johan en dénombra douze. Il s'enquit, désabusé :

« À qui ai-je l'honneur ? »

Tapio, souriant jusqu'aux oreilles, demeura quelques secondes coi. Soudain, il tonna, de toute son alacrité naturelle :

« Très cher, je vous présente mes bois ! »

Johan, que plus rien ne semblait étonner, répliqua, d'un ton imperscrutable :

« Vos bois ? »

« Oui, mes bois. Un contrebasson, deux bassons, un cor anglais, deux hautbois, deux clarinettes, une clarinette basse, trois flûtes, dont une dédiée au piccolo. La prunelle de mes yeux. »

Les créatures s'agitèrent dans une farandole chamarrée, toutes à la joie de cette oblation improvisée. Leurs dimensions lilliputiennes leur conféraient un charme certain, et Johan se baissa pour s'approcher d'elles, bien décidé à observer de plus près cette foule thaumaturge. Cet adjectif lui était venu instinctivement, comme s'il s'agissait véritablement d'un miracle. Curieux et guilleret, un premier basson sautilla dans sa direction, puis grimpa sur son bras, rapidement suivi de son compère. Ils gagnèrent ses épaules, puis produisirent une succession de notes vibrantes, se complétant tous deux dans les registres de basse et de ténor.

Allaient-ils rejouer le *Sacre du printemps*[9], d'Igor Stravinsky, avec le thème populaire lituanien de son ouverture ?

Ils n'en eurent pas le temps, car ils furent rejoints par le cor anglais, exposant fièrement son pavillon piriforme. Johan frissonna d'extase. Entendrait-il le poème symphonique d'Alexandre Borodine, *Dans les steppes de l'Asie centrale*[10], composé à la gloire du vingt-cinquième anniversaire du règne de l'empereur Alexandre II ? Il le savait, son thème oriental reposait notamment sur l'usage de cet instrument, et de son inhérente mélancolie.

Il prit une profonde inspiration. Dans son cas, hors de question de laisser le glioblastome s'emparer de l'empire, ni de ses steppes intracrâniennes. Perdu, dans ses pensées, il n'avait pas remarqué le contrebasson s'avancer. Quand ce dernier résonna de toutes ses sonorités graves, il sursauta. Ravis de cette réaction spontanée, les hautbois s'ajoutèrent à ces vibrations, apportant à l'ensemble leur timbre naturellement rond et enveloppant, pourvu d'une subtile chaleur nirvanique. Alors que tous tournoyaient désormais autour de Johan, les flûtes et les clarinettes achevèrent de compléter cette habile orchestration, additionnant cette fois brillance, contrastes perçants et piccolo coruscant. Curieux, Johan examina avec attention la clarinette basse, à la recherche d'un détail issu de ses propres recherches musicologiques : disposait-elle de deux clés de registre actionnables au pouce gauche, ou d'une double clé de registre automatique ? Après

---

[9] Igor Stravinsky, *Le sacre du printemps, Tableaux de la Russie païenne en deux parties*, 1910-1913.

[10] Alexandre Borodine, *Dans les steppes de l'Asie centrale*, 1880.

quelques secondes, il s'aperçut qu'il s'agissait du deuxième cas de figure. Cet instrument se révélait donc paré des derniers progrès de l'histoire, destinés à favoriser la facilité de jeu et de justesse. Un élément lui échappait néanmoins. Tous ces bois reposaient habituellement sur l'émission d'air par un interprète expérimenté, rompu à l'exercice et à sa technique. En l'absence de musiciens, comment de tels sons pouvaient-ils bien s'en dégager ex nihilo ? Comme s'il lisait dans les pensées de Johan, Tapio déclara, portant un regard ému sur ses sujets :

« Oui, mes bois n'ont nul besoin du concours d'un des représentants de votre espèce, pour s'illuminer de tout leur brio. Toutefois, je dois dire que nous observons attentivement vos productions, lorsque ces dernières parviennent jusqu'à nous. Venez, suivez-moi, l'objet de notre visite matinale subsiste ailleurs. »

Les créatures cessèrent leur joyeux tintamarre, et tous se lancèrent à l'assaut du vaste jardin qui jouxtait la maison. Celui-ci ouvrait directement sur la forêt, celle-là même qui était apparue à Johan dans ses rêves. Cette fois, abondamment baignée d'une douce lumière, elle revêtait des attraits plus solaires. Sa portée symboliste demeurait intacte, et Johan se félicita encore une fois d'avoir su choisir un si noble écrin, pour y mener sa vie d'adulte. Lorsque le petit groupe eut gagné l'orée des conifères, Tapio adressa un léger signe de tête à son escorte, et tous les bois résonnèrent de concert. Cette subtile mélopée évoquait à Johan les accents iréniques des plus somptueuses mélodies. De celles qui apaisaient les cœurs et les âmes. Il aurait juré en reconnaître la structure, la progression. Sans même s'en rendre compte, il s'installa dans l'herbe touffue, puis s'allongea pour reposer son dos. L'astre solaire le caressait de ses rayons brûlants, à travers les feuilles des arbres. *Komorebi*[11] grandeur nature, sensibilité ultime de ses perceptions à l'épreuve du végétal frondescent. Il ferma les paupières, et s'abandonna à une exquise torpeur, dont rien ne semblait pouvoir l'extraire…

[11] En japonais, 木漏れ日. Mot sans équivalent français, désignant la lumière du soleil filtrant à travers les feuilles des arbres.

***

Johan sursauta, puis consulta sa montre. 10 h. Le même rayon du soleil éclairait son visage. Il se redressa, en hâte. Aucune trace de Tapio, ni des instruments. Se pouvait-il qu'il s'agisse d'un deuxième songe, subtilement enchaîné au premier ? Ou ces mystérieuses créatures l'avaient-elles conduit dans son lit, voyant qu'il s'était assoupi ? Il espérait ne pas les avoir vexées, en improvisant ainsi une sieste au cours de leur spectacle inspiré. Tout paraissait néanmoins si saugrenu, presque incongru. À moins qu'il ne se soit cogné la tête, durant sa promenade nocturne ? Ou alors au réveil, en supposant que cette déambulation au clair de lune tienne justement de l'affabulation ? Il commençait à s'égarer dans les méandres de ses propres chimères intriquées. Amphigouris, simples rêves aux natures sibyllines ? Véritable extase des sens, en tous les cas. Quel était donc ce morceau, interprété par les précieux bois de Tapio ?

Une sonnette stridente retentit, tirant Johan de ses réflexions. Une nouvelle audience impromptue auprès du Dieu-forêt ? Il se précipita à la porte, et l'ouvrit à la volée. Personne. Tandis qu'il s'apprêtait à la refermer, déçu, il remarque une forme familière, à ses pieds. Le cor anglais le contemplait, interrogatif, de son air impérieux. D'une voix aussi sublime qu'éthérée, la créature en question claironna :

« Allez, en route, votre voyage ne fait que débuter. Et tâchez de ne plus vous endormir quand nous donnons une représentation, par pitié ! »

Johan soupira. Avait-il réellement le choix ? Il emboîta le pas de son visiteur, à travers le jardin. Rapidement, tous deux parvinrent à la forêt. Cette dernière bruissait de son habituelle aura, évoquant tout à la fois une quiétude millénaire et une vive alacrité. Observant les branches qui l'entouraient, Johan crut y déceler un éclat nouveau, comme s'il lui était désormais possible de percevoir l'énergie pulsatoire de son environnement.

L'oiseau sur sa gauche chantonnait délicatement, tandis que le papillon voletait avec majesté sur l'horizon vibrant de cette matinée ensoleillée. Une délicieuse odeur flottait dans l'air, mêlant l'écorce, l'essence des conifères et des fleurs, l'herbe mouillée d'une rosée non encore dissipée. Étonnamment, il semblait à Johan que cet univers s'éveillait sous ses yeux d'un long sommeil. À moins qu'il ne s'agisse de son propre réveil, face au sublime des éléments ? Fallait-il que sa vie soit menacée par un diagnostic funeste, pour qu'il s'autorise enfin à exister en ces lieux ?

Il n'avait jamais cessé d'être le fruit, la cellule, les racines et les feuilles de cette structure complexe. Quelle signification demeurait par ailleurs dans l'hypothèse de la percevoir comme extrinsèque à sa condition humaine ? Naturalisme ou animisme ? Une goutte d'eau rencontra son front, et Johan savoura la sensation du somptueux liquide sur son épiderme. S'agissait-il d'un saphir au bleu profond, hyalin, ou de jade opalescent, offrande propitiatoire au visiteur de ce royaume alcyonien ? Sans qu'il s'avère nécessaire de lui réclamer la moindre explication, le cor anglais entonna un lent monologue, ponctué çà et là de notes subtiles et mélancoliques :

« Notre suprême Tapio a pu vous apparaître flamboyant, chatoyant, brasillant, nitescent, souverain dans sa stature. Sachez qu'il n'en est rien. Du moins plus depuis longtemps. Voilà plusieurs saisons, un mal nouveau s'est abattu sur ses terres, l'annihilant peu à peu. Le dévorant de toute sa méphitique hégémonie funeste. Oh, n'allez pas croire que nous envisageons cette majestueuse forêt comme une propriété, exerçant là une emprise sur ses occupants. Notre monarque n'adopte pas la posture du maître régnant sur ses possessions, se plaignant d'une récolte moins généreuse qu'à l'accoutumée. Cela reviendrait à concevoir nos organes tels nos serfs, nos jambes en une vulgaire ressource, un dispositif mécanique et périssable. Bien au contraire, ces arbres incarnent notre existence même. Tout comme nous constituons la leur. Nous autres bois sommes le tout et la partie, l'ensemble et le particulier. Ainsi, lorsque cette menace nouvelle, falculaire, s'est imposée dans notre quotidien, nous sommes demeurés impuissants. Comment voulez-vous détruire le mal, quand ce dernier ronge jusqu'à vos chairs ? Car il s'agit bien de cela : des cendres recouvrent peu à peu chaque herbe, chaque mousse, chaque branche, chaque racine, chaque végétal, obscurcissant encore le ciel de leur voile flexueux. Dans la panique, transis par la peur et l'apocalypse de cet anathème, nous nous sommes séparés, perdant notre harmonie véritable. Les bois ont fui avec sa majesté Tapio, à la recherche de la civilisation humaine. Le sort de nos cordes, cuivres et percussions reste à ce jour nimbé de mystère. Ont-ils pu s'abriter en lieu sûr, loin de l'adversité ? Ont-ils succombé à cette contamination noirâtre, semant le trouble et la désolation sur son passage ? Mais montrons-nous plus discrets, nous arrivons… »

Le cor anglais se tut, puis marqua une légère halte dans sa progression le long du sentier sylvestre. Johan, sur ses talons, s'immobilisa à son tour. Tous deux se tenaient à l'orée d'une clairière, baignée d'une douce lueur évanescente. Les rayons du soleil ne parvenaient pas à percer totalement la couverture végétale qui surplombait les lieux. Comme s'il s'était agi d'un délicat boudoir… Où tout événement féerique s'apprêtait à prendre place. Quelques notes d'une savante musique retentirent paisiblement, et Tapio refit son entrée, entouré des autres bois. Sur son visage, une profonde mélancolie conférait à ses traits gravité et émoi ineffables.

Il entonna, à la manière d'un poème lyrique, aux accents fuligineux :

« De sa torpeur, une forêt de conifères, au-delà des
Confins du nord et des journées, toutes de lumière,
Ou d'ombres, selon le solstice, vivait la partition,
L'harmonie, des notes iréniques, de leurs habitants.

Les cendres, voile d'obscurité, l'effroi,

Versé en chaque pétale, chaque racine, à l'exode,

Dieu sylvestre, souverain déchu, sans son peuple,

Errer, fuir, ou combattre, ériger, le sanctuaire. »

Tapio ferma les yeux, et le silence s'établit à nouveau. Johan, n'osant interrompre cette quiétude apparente, demeura coi. Procédait-il néanmoins d'un véritable calme, ou plutôt d'une térébrante sidération ? Contemplant la chevelure léonine du Dieu-forêt, il crut y distinguer un certain repli de ses branches autrefois majestueuses. Était-ce le reflet de son imagination ? Il repensa au discours du cor anglais. Des cendres. Oui, Tapio avait déjà évoqué ce mot, au cours de leur première rencontre. Cette dernière ne relevait donc pas de l'élucubration, ou d'une folie passagère.

Toutefois, si tout s'avérait exact, où se trouvait sa place en cette quête ? Il n'avait pu s'empêcher de frissonner, tandis que les deux quatrains de Tapio résonnaient dans l'air. Il ne s'agissait guère d'un émoi comparable à celui qu'il avait éprouvé, lors de ses propres découvertes des *Elégies*[12] de Louise Labé. Ici, nul *Innamoramento*[13], sauf peut-être dans la fulgurance du sentiment, néanmoins dénué d'amour. Le vers ne faisait pas le moine, songea-t-il avec une certaine

---

[12] Louise Labé, *Élégie I, Élégie II et Élégie III*, 1545-55.

[13] Naissance du sentiment amoureux, décrit par Pétrarque dans son *Canzoniere*.

ironie. Tapio allait-il lui réserver deux tercets, afin de former un sonnet ? Il le scruta davantage. Ce dernier ne paraissait nullement disposé à rouvrir les paupières, ni à s'exprimer derechef. Que devait-il en conclure ? Johan réalisa qu'il brûlait à nouveau des vertiges de sa première promenade vespérale. Prévenant, il s'assit cette fois sur le sol. S'il devait tomber, au moins ne risquait-il pas de se blesser dans sa chute. Autour de lui, tous les instruments demeuraient tristement immobiles, dans un silence absolu, lugubre.

Les céphalées redoublèrent d'intensité, et Johan s'allongea dans la mousse. Il ne parvenait plus à ressentir ce contact rassurant, celui de la délicate fraîcheur du substrat végétal sur sa peau. Ses membres, impassibles, semblaient comme engourdis. Il s'évanouit, et la clairière se para des ténèbres de l'ébène.

Deuxième Partie

Allegro moderato

[14]

[14] Jean Sibelius, Extrait de *Tapiola*, Op.112, 1926, Breitkopf & Härtels Partitur-Bibliothek (Nr. 3328).

Johan ouvrit avec peine les paupières. Première étape, diagnostic et chirurgie initiale. Symptômes ? Maux de tête, crises d'épilepsie, paralysie, aphasie. Les voix, plurielles, multiples, peccamineuses, retentissaient en son âme enfiévrée. Où se trouvait-il étendu ? Du blanc. La pièce s'avérait claire, les draps, diaphanes. IRM avec injection de gadolinium. Visualiser la tumeur. Les cendres ? La forêt. Au prix d'un effort surhumain, Johan pencha le visage sur le côté. Par la fenêtre, il distingua les branches des arbres, agitées par une brise délicate. Lui souriaient-elles ? Leur feuillage se destinait-il à un ravissement tout particulier ? Une chirurgie d'exérèse d'emblée. Il convenait de procéder à une résection maximale, tout en prenant garde à sauvegarder les fonctions neurologiques. Le cor anglais, le hautbois, la clarinette. Où se nichait Tapio désormais ? Par persistance rétinienne, il lui semblait pouvoir contempler cet orchestre exotique et bigarré. Tout lui revenait. Il n'y aurait pas de biopsie stéréotaxique, car la chirurgie d'exérèse s'était révélée réalisable. Il fallait retrouver les cordes, rassembler le peuple du dieu-forêt.

Deuxième étape. Planifier la réunion de concertation pluridisciplinaire, post-chirurgie. Johan passa une main prudente sur le sommet de son crâne. Des bandages. Une cavité ? Il préférait ne pas y songer. Définition d'une stratégie thérapeutique adaptée. Les voix des neurochirurgiens vibraient, claires, autour de lui. Le savant professeur en charge de son suivi disposait-il d'indices, relatifs aux violons ? À la contrebasse ? Il n'osait trop demander. Quoi qu'il arrive, ses paupières lui paraissaient à nouveau lourdes. Après tout, ce lit devait s'avérer aussi douillet que la mousse des fourrés. Il promena ses doigts sur le coton duveteux du drap. Oui, il pourrait tout à fait s'abandonner à une telle caresse. Il rêva au poids de son corps, allongé sur la blancheur de cette parure. Sa respiration, silencieuse, animait son abdomen d'un mouvement régulier. L'air pénétrait ses poumons, lentement. Il l'expira, comme s'il soufflait dans un instrument de musique. Il repensa aux bois de Tapio. Sa cage thoracique s'était muée en clarinette. À moins qu'il ne s'agisse d'un basson ? Alors qu'il se concentrait sur le son ainsi produit, une voix enjouée retentit devant lui :

« Je m'inquiétais de ne trouver votre chambre, mais ce fut finalement enfantin ! Il m'a suffi de suivre vos ronflements. Quel concert ! Mais je vois que vous vous essayez dorénavant aux sifflements ? Vous vous donnez du mal, mais vous n'y êtes pas du tout, mon pauvre. Si vous sauvez notre glorieuse forêt, je consentirai à vous transmettre quelques astuces… »

Tapio ponctua cette assertion d'un éclat de rire mutin, puis contempla avec délectation l'effarement de son interlocuteur, désormais redressé sur son couchage. Il reprit :

« Je vous ai entendu marmonner quelques bribes de phrases inintelligibles, durant votre sommeil. Rassérénez-vous, j'ai surveillé votre opération, de loin. Aucun des médecins présents n'a oublié de scalpel dans votre boîte crânienne, soyez pleinement rassuré. Je dois même leur concéder un indéniable sens du rythme et du spectacle. Mais revenons à nos moutons. Entre deux obsessions médicales, vous mentionniez également mes cordes. Cela tombe bien, nous partons les chercher ! J'espère que vous êtes bien reposé, Johan, car le chemin promet de receler quelques surprises… »

Avant que Johan ne puisse s'appesantir sur les intrications de cette tirade sibylline et subtilement dérangeante, Tapio ôta d'un geste preste chacune des couvertures. Réalisant qu'il ne disposait guère d'une meilleure option, le jeune homme consentit à se lever, non sans en ressentir un certain vertige. Prévenant, Tapio accourut à sa hauteur, puis émit un chant aux accents chatoyants. Un à un, les bois firent leur apparition dans la chambre, jaillissant des moindres recoins du mobilier pourtant minimaliste de la pièce. Johan devait bien l'avouer : il s'avérait particulièrement complexe de résister à ces minuscules trésors sylvestres, à la majesté délicieuse.

***

Lors de leur cheminement, Johan fut stupéfait de constater que l'hôpital se démontrait singulièrement serein. Cette quiétude, presque irréelle, forçait le respect. Il se surprit lui-même à se mouvoir sur la pointe des pieds, comme si toute autre démarche pouvait menaçer l'harmonie parfaite de son environnement direct. Il lui paraissait bien entendre quelques éclats de voix discrets, ainsi que quelques silhouettes distantes, mais ils ne croisèrent personne. Cela s'avérait fort étonnant, d'autant que ses couloirs restaient dans ses souvenirs attachés à une grande agitation, inhérente aux déplacements prestes et assurés des personnels soignants. S'agissait-il d'un instant plus calme, d'une sorte de trêve dans le flux des patients ? Même les corridors se révélaient semblables à ceux d'un temple mystérieux, aussi énigmatique qu'imperscrutable. Parvenus au parking, ils se hâtèrent de rallier l'orée du bois et de ses sentiers flexueux.

Les conifères, plongés dans un brouillard silencieux, les accueillirent de toute leur aura sépulcrale. Encore une fois, il sembla à Johan qu'il avait traversé la frontière d'un royaume étranger, à la fois familier et viscéralement inconnu. Se retournant, il constata qu'il ne distinguait déjà plus l'hôpital. Il n'avait pourtant parcouru que quelques mètres sous la frondaison. Concentrant à nouveau son attention sur le chemin devant lui, il tâcha de faire abstraction de la profonde sensation de malaise qui paraissait le gagner. Tapio, sur sa droite, l'apostropha :

« Tout va bien, très cher ? Pas de nouvel évanouissement, par pitié ! »

Johan, sursautant, murmura en sortant de sa transe :

« Non, non… »

La répétition de ces trois lettres sonnait tel le glas de ses dernières forces. La brume s'intensifia. Il chercha à tâtons l'arbre le plus proche, afin de s'y adosser, et son épiderme rencontra une surface étrange, friable. Il plissa les paupières. Si sa main avait bel et bien parcouru l'écorce d'un tronc, ce dernier paraissait en piteux état. Une masse sombre le tapissait, çà et là. Alors qu'il s'efforçait de déterminer l'origine de ce phénomène insolite, le végétal s'effrita pour de bon, comme du sable onyx coulant sous ses doigts. Johan recula, incrédule. Le conifère semblait se consumer tout entier, volatilisé en un nuage de cendres noirâtres, malodorantes. Il se boucha les narines. La puanteur se révélait insupportable. Ses yeux lui brûlaient, et il se mit à tousser, incapable de reprendre sa respiration. Quel sortilège maléfique pouvait bien affliger de son tourment cette auguste forêt ? Avant d'être recouvert à son tour par ce nuage méphitique, il bondit en arrière, et se pressa contre Tapio et ses bois. Tous demeuraient mutiques, en proie à l'effroi le plus complet. Le roi soupira, puis énonça d'une voix blanche :

« Mon royaume ne sera bientôt plus… »

Une larme lapis-lazuli glissa sur sa joue. Prévenant, Johan l'entoura de ses bras graciles. Le cor anglais produisit une mélopée suave, empreinte d'un chagrin indicible.

La brume se leva quelque peu, laissant apparaître l'impensable : à la place du majestueux conifère se tenait désormais un gouffre sombre, désincarné, d'où s'échappaient les volutes de miasmes ancestraux. Le contrebasson émit un cri grave et sinistre, signalant de la tête un point sur leur droite. Johan déglutit. Sur tous les arbres de cette zone, des taches noires tapissaient l'écorce des infortunés végétaux. À l'œil nu, elles ne paraissaient pas s'étendre. Du moins pour le moment. Tous le savaient toutefois : cette infection progressait inexorablement, millimètre par millimètre.

***

Tapio parcourait le sentier d'un pas altier, tel un léopard feuillu, aux griffes de fleur et aux moustaches de printemps. Sur ses talons, les bois progressaient, sans enthousiasme, leurs corps minuscules bondissant d'herbes en mousses touffues. Johan soupira. Quelle place occupait-il dans cette étrange cohorte ? Il murmura, comme à lui-même :

« Glioblastome, tumeur de haut grade de malignité… La tumeur cérébrale primitive la plus agressive chez l'adulte. Un pronostic sombre, une survie médiane ne dépassant que modestement une année après le diagnostic… Une prise en charge formant l'archétype d'une approche neuro-oncologique multidisciplinaire, où neurochirurgiens, neuro-oncologues, radiothérapeutes, psychiatres, psycho-oncologues et chercheurs collaborent de manière indissociable, pour définir et exécuter une stratégie thérapeutique personnalisée. Autant de musiciens, réunis en orchestre… »

Tous ces mois lui semblaient si désincarnés. Vrais, mais froidement théoriques. Aux côtés de Johan, Tapio s'immobilisa, comme s'il s'apprêtait à prendre la parole, mais aucun son n'émana de sa stature majestueuse. Le vent s'engouffrait dans les branches des arbres, glanant sur son chemin les stigmates d'une décomposition nouvelle.

Les accents champêtres, désormais teintés d'effluves nauséabonds, piquaient leurs narines. Après quelques minutes de ce mutisme térébrant, Tapio finit par souffler :

« Ne restons pas là. Je connais un endroit, près du cœur. Le lit d'une rivière millénaire, se jetant dans un lac à la pureté d'un ciel sans nuage. »

Johan hocha la tête. Sans trop savoir pourquoi, il sentait ses yeux s'humidifier, sa gorge se serrer. Était-ce cela, mourir ? Passer de vie à trépas ? Ou s'agissait-il du deuil précoce de ses illusions perdues ? La vision du cercueil et des vers, des chairs en décomposition, voyageant de l'hypothétique au certain ? Bien sûr, il n'était pas stupide. Tout destin humain devait prendre fin, à un moment ou à un autre. Cela considéré, envisager ce postulat s'avérait indolore. Abstrait. Réaliser que l'on allait décéder, en revanche, se révélait soudain très concret. L'implacable assaut de cet ennemi vipérin, la force de ses crochets toxiques, l'arabesque de sa croissance macabre plaçaient leur hôte dans la sidération. Comme le dieu forêt plus tôt, Johan sentit ses larmes commencer à couler. La tumeur se repaissait-elle de ce tourment ? Se nourrissait-elle de son affaiblissement lent ? Tel un serpent, ondoyant autour de sa proie, prêt à refermer ses anneaux sur la cage thoracique de la victime innocente ? Dans le cas du reptile, l'animal chassé terminait dans l'estomac du coupable. Dans le cas présent, le mal venait de l'intérieur. Johan se surprit à imaginer un despote avide, consumant sa matière cérébrale, se délectant des pressions nouvelles en sa boîte crânienne. Le glioblastome dévorait ses rêves, ses espoirs, son âme. Une des perles de ce désespoir parvint à sa bouche. Elle n'était ni de saphir, ni de lapis-lazuli, mais d'écume, au goût salé. Johan pleurait à chaudes larmes, et ce voile d'Ondine couvrait agréablement le supplice et l'affliction de sa courte vie brisée. Autour de lui, la pestilence finit toutefois par faire place au calme retrouvé. Désormais, les conifères trônaient à nouveau de toute leur majesté dans ce sol nourricier.

Il sentit un papillon flamboyant trouver refuge sur sa pommette gauche. S'abreuvait-il de son tourment passé, sublimant la peine d'un diagnostic meurtrier ? Au moins, le cœur du royaume de Tapio restait préservé. Mais pour combien de temps ? Devant eux, le chemin s'ouvrit sur une vaste clairière, ceinte d'un cours d'eau aux éclats coruscants. Les bois bondirent dans le liquide cristallin, produisant des notes assourdies, sortes de bulles aux sonorités baroques et inattendues. Tapio les contempla avec une tendresse infinie, puis se tourna vers Johan. Il professa, doctement :

« Les cendres progressent, inéluctablement. Comme la tumeur qui se niche en votre cerveau, mon cher Johan. »

L'intéressé demeura coi quelques secondes, puis rétorqua, perdant patience :

« Vous arrive-t-il de communiquer clairement, autrement que par énigmes ? Des cendres… Et quel était ce fumet abject, ce nuage sinistre ? »

Sans mot dire, Tapio se dirigea à son tour vers la rivière, puis y sauta à pieds joints. Sous l'onde limpide, le végétal de son corps prenait des reflets d'ébène. Sa majesté sylvestre s'avérait totale, transcendante, telle une apparition divine. Derrière lui, mi-ébloui, mi-abasourdi, Johan tempêtait :

« Ah non, vous ne vous en tirerez pas ainsi ! Parlez-moi ! Et pourquoi m'avoir traîné dans cette obscure quête absconse ? C'est décidé. Voilà ! Je rentre à la maison. »

Il dévisagea une dernière fois Tapio et ses compagnons de route, puis se retourna d'un mouvement brusque, s'éloignant prestement. Cette farce avait fait long feu. Derrière le rideau de larmes qui barrait toujours son regard, il sentit son cœur se serrer. Tapio n'y comprenait rien. Que lui importait cette forêt, alors que lui-même se trouvait à l'article de la mort ? Qui préserverait ses forces à lui, quand les plus grands professeurs admettaient eux-mêmes leur impuissance relative ?

Retrouver les cordes ! Quelle idée fantasque ! Tapio se contentait de jouer d'aimables airs, pendant que lui devait subir les traitements les plus lourds. L'intervention chirurgicale avait constitué la première étape. Le principe fondamental lui avait clairement été exposé : tout se nichait dans l'étendue de la résection[15], à ce stade. De nombreuses études démontraient en effet une corrélation directe entre la réalisation d'une résection intégrale macroscopique[16] de la tumeur, rehaussée par le contraste, et l'amélioration de la survie globale. Une exérèse complète, à condition qu'elle puisse être accomplie sans induire de nouveaux déficits neurologiques permanents.

Mais la chirurgie ne représentait pas le plus difficile, Johan le savait. Radiothérapie. Chimiothérapie. Protocole de Stupp, consistant en une phase concomitante : radiothérapie externe conformationnelle délivrant une dose totale de 60 Gy, fractionnée en 30 séances quotidiennes de 2 Gy, 5 jours par semaine pendant 6 semaines, associée à une chimiothérapie orale journalière par témozolomide (TMZ) à la dose de 75 mg/m². Par la suite, il se préparait à subir une

[15] Extent of Resection, EOR.
[16] Gross Total Resection, GTR.

phase adjuvante : après une pause de 4 semaines, le traitement se poursuivait avec six cycles de témozolomide en monothérapie, à une dose de 150 à 200 mg/m² par jour, pendant 5 jours toutes les 4 semaines. Devant la dimension vertigineuse de ces considérations onconeurologiques, une lueur mesquine et désabusée passa dans les yeux de Johan. Ceux-ci débordaient dans tous les cas d'un chagrin trop longtemps contenu. Oui, la réponse était toute trouvée, concernant les requêtes répétées de Tapio. Il n'y avait qu'à bombarder cette chère canopée de rayons.

Tous verraient bien, si c'était si facile. Il porta une main à son crâne. Il sentait la plaie l'élancer. Assez, c'était assez. Il perdit l'équilibre, et chuta dans la mousse à ses pieds. D'un geste, il se saisit des mottes, les arrachant avec rage. S'il ne vivait plus, pourquoi d'autres jouiraient-ils de ce droit ? Alors qu'il projetait une autre touffe de plantes, un son strident se fit entendre, en provenance directe de la forme en question. Interloqué, Johan s'immobilisa. L'herbe s'agitait, sous le substrat renversé.

Il se redressa, sans quitter du regard ce phénomène inexpliqué. Encore un sortilège, digne des cendres ? Cette fois, pourtant, aucune pestilence n'assaillait ses narines. Il plissa les yeux, sur le qui-vive. Quelque chose, créature alliée ou ennemie, se trouvait là, près de lui. Après quelques secondes supplémentaires, il se risqua à s'approcher, prudemment. Soulevant avec précaution la motte animée de vie, il ne put retenir une exclamation de surprise. À demi froissée, couverte de terre, se nichait une minuscule contrebasse. Elle émit un nouveau son continu, qui traduisait autant l'impuissance que le courroux. Sans attendre, Johan se pencha pour l'aider à se relever. Derrière lui, la voix familière de Tapio se fit entendre :

« Eh bien, à la bonne heure ! Vous voyez, quand vous voulez ! »

***

La contrebasse sautilla prestement, en une danse mutine, puis rejoignit son roi. Tapio sourit, puis lança :

« Quelle extase de retrouver ce cher trésor ! Le premier d'une longue suite, espérons-le. Il nous manque les premiers violons, les seconds violons, les altos et les violoncelles. Où diable ce doux monde peut-il bien se nicher ? »

Partagé entre l'enthousiasme communicatif de son interlocuteur et la sidération devant cette dernière péripétie, Johan demeurait coi. Tapio se pencha alors vers son précieux sujet miniature, puis lui murmura quelques paroles à l'oreille. Aussitôt, celui-ci entreprit de jouer les notes familières d'*Orpheus*[17], de Stravinsky. Ces dernières résonnèrent un temps dans l'air ambiant, puis le silence s'établit à nouveau. Impénétrable, Tapio avait fermé les paupières. Après quelques minutes de ce mutisme complet, Johan se racla la gorge, puis professa, hésitant :

« *Orpheus*… Le mythe d'Orphée et d'Eurydice… Je ne pense pas que nous puissions rencontrer Hadès, mais la contrebasse se trouvait bien aux enfers, c'est-à-dire sous terre. Nous devrions pouvoir libérer les autres cordes de leur mauvais sort, si nous cherchons attentivement sous les herbes et les mousses de cette forêt ! Toutefois, il m'apparaît bien impossible de labourer chaque centimètre de cet immense territoire… de même qu'en ratisser le sous-sol ne ferait que fragiliser cet écosystème, déjà mis à mal par la pestilence des cendres… »

Tapio, qui n'avait rien perdu de cette tirade éclairée, rouvrit les yeux. Il glissa, songeur :

---

[17] Igor Stravinsky, *Orpheus*, ballet néo-classique en trois tableaux, 1947, chorégraphie de George Balanchine.

« Je vous sais gré de vos diligences, très cher. Croyez bien qu'en retour, je demeure sensible à vos tourments. Il ne vous aura pas échappé que les vicissitudes de nos destinées nous lient intimement… Tout comme les chirurgiens en charge de l'exérèse, nous ne saurions décemment ravager le tout, au nom du rétablissement de la partie. Préserver les racines de mon royaume, tout en éliminant la menace qui le ronge, revient donc à enlever la tumeur, tout en sauvegardant la richesse de vos fonctions neurocognitives. »

Cette fois, Johan céda à une hilarité subite, aussi tapageuse que désarmante. Voir son encéphale comparé à une forêt ne manquait pas de piquant, surtout de la bouche même d'une créature sylvestre fantasmagorique, dont la tangibilité seule prêtait déjà à controverse. Il éructa, entre deux hoquets :

« Vos instruments campent les infirmières de bloc, dans toute cette histoire ? Et j'imagine que vous fournissez en outre aux médecins le 5-ALA, précurseur métabolique préférentiellement converti en protoporphyrine IX (PpIX), une molécule fluorescente, par les cellules du glioblastome ? Sous une lumière bleue spécifique émise par le microscope opératoire, le tissu tumoral apparaît en rouge ou rose, permettant de le distinguer du cerveau sain. Peut-être peuvent-ils vous en mettre de côté, pour votre précieuse frondaison ? »

Loin de se laisser impressionner par la défiance de Johan, Tapio sourit légèrement. Il murmura, imperscrutable :

« Vous vous moquez, cher ami, jusqu'au moment où vous ne rirez plus… Je comptais vous protéger encore un peu, mais les circonstances l'imposent. Il est temps. »

Face à la solennité du roi, Johan avait cessé de s'esclaffer pour de bon. Il contemplait désormais, désarçonné, son compagnon de route. Ce dernier, plus grave que jamais, forma un cercle de ses doigts branchus, juste devant lui. D'un geste preste, il transforma la forme ainsi créée en un vaste miroir, qui s'emplit bientôt des flots d'une rivière opaline. Peu à peu, trois ombres menaçantes s'y animèrent. Tous reculèrent d'un pas, les bois et la contrebasse se terrant derrière leur souverain, tremblants. Même Tapio semblait parcouru de frissons, aussi glaçants qu'ineffables. Il inspira, comme pour se donner du courage, puis tonna, tâchant de dominer son effroi :

« Trois entités d'infortune, dont les noms évoquent supplice et trépas. Glía[18], Blastos[19] et Ôma[20]… »

À mesure que les trois patronymes s'égrainaient, les silhouettes revêtaient des contours plus précis. Johan s'efforça d'en distinguer pleinement les détails, mais l'entreprise s'avérait ardue. Tout se passait comme si leur réalité s'éloignait d'une quelconque perception sensible. Oui, ces chimères se montraient présentes aux regards, tout en brillant par leur étrangeté. S'agissait-il de formes humaines ? Ou animales ? Ces dernières paraissaient s'étendre et se démultiplier à

[18] Du grec ancien γλία, glu, colle.
[19] Du grec ancien βλαστός, germe.
[20] Du grec ancien ωμα, tumeur.

loisir. Leurs yeux formaient des vortex, et leur bouche les puits d'une noirceur absolue. Tous frissonnèrent. D'une voix mal assurée, Tapio reprit :

« Connaître leurs visages revient à rencontrer une mort certaine, une chute vertigineuse dans le néant, étreinte fatale, funeste et comminatoire. Nul n'ose, ne s'aventure même, à contester la puissance de ces trois créatures, qui n'en composent en réalité qu'une seule… »

Johan, perplexe, contempla son royal compagnon de route. Comment devait-il envisager cette lutte, à l'aune d'un tel incipit ? Il s'en ouvrit aussitôt :

« Mais, si personne ne sait exactement comment vaincre ces menaces, ni comment en appréhender les failles… Comment espérez-vous en venir à bout ? Avouez tout de même que nous ne pouvons nous contenter d'une approche aussi floue ! »

Au sein du miroir, les silhouettes sombres continuaient de s'activer, tournoyant désormais de leur insolente immanité. Johan avala avec difficulté sa salive. Le fait de ne pouvoir établir un quelconque plan d'attaque se révélait déconcertant. Surtout, un deuxième paramètre le tourmentait. S'il se refusait encore à croire pleinement Tapio, il ne pouvait toutefois récuser les curieuses similitudes qui liaient son combat contre la tumeur à celui du dieu forêt. Les noms seuls de ces antagonistes fuligineux évoquaient directement son propre diagnostic. Il les replaça mentalement devant lui :

Glía

Blastos

Ôma

En un frisson, il le réalisa…

Glioblastome

***

Johan se trouvait dans sa chambre d'hôpital. Pour un peu, les murs blancs, lisses, auraient pu lui renvoyer son reflet. Miroir de ses illusions vaporisées, désintégrées, annihilées. *Orpheus* résonnait toujours à ses oreilles. Il considérait le fait comme certain, désormais. Tapio et ses instruments peuplaient ses rêves. À moins que ? Une infirmière entra, le salua d'un professionnalisme assuré. Il répondit à ses questions, docile. Les médecins l'avaient prévenu, la radiothérapie et la chimiothérapie se montreraient éprouvantes. L'exérèse de la tumeur, aussi impressionnante puisse-t-elle se révéler, s'était déroulée promptement. Ce traitement complémentaire laisserait pour sa part des séquelles. L'épuiserait. Sur le long terme. Johan contempla avec stupéfaction ce postulat. Curieux paradigme que celui de la temporalité d'une fin de vie. Peu lui importait de perdre ses cheveux, lui qui n'avait jamais affiché la crinière de Viking de ses proches. Il redoutait toutefois l'amère farandole d'effets secondaires, tous cuisants. Disposait-il d'une quelconque alternative ? Non, à n'en pas douter.

Ces trois lettres s'étaient d'ailleurs installées de toute leur pugnacité dans ses choix, ces dernières semaines. Était-ce pour cela qu'il avait jugé la requête de Tapio avec autant de défiance ? Porter secours à un monarque pour sauver sa boîte crânienne… Un marché que peu d'individus pouvaient se vanter de conclure ! Présentée ainsi, la proposition tenait de la campagne publicitaire de grande distribution : « un acheté, un offert ! ». Le cerveau de Johan pouvait-il se négocier de la sorte, à la manière d'un pack de savonnettes ?

Par la fenêtre, il admira la majesté des arbres. Un autre morceau lui vint en tête. *Tapiola*[21], de Sibelius. Amusant, songea-t-il d'emblée. Il n'avait pas fait le rapprochement avec Tapio. Il se redressa aussitôt sur son lit. Si sa mémoire s'avérait fiable, l'orchestration de Tapiola incluait des cordes (premiers violons, seconds violons, altos, violoncelles, contrebasses), des bois (trois flûtes, dont une en piccolo, deux hautbois, un cor anglais, deux clarinettes, une clarinette basse, deux bassons, un contrebasson), des cuivres (quatre cors, trois trompettes, trois trombones) et des percussions (timbales). Il s'agissait là de l'exacte description des sujets de Tapio. Johan fronça les sourcils. Cette fois, la coïncidence se révélait franchement troublante. Un bruit sourd, sur sa droite, le fit sursauter. Une voix reconnaissable entre mille jaillit, teintée d'une certaine alacrité :

« Je vois que vous commencez à comprendre. Je brûlais d'envie de tout vous dévoiler, dès notre première rencontre. Entendez toutefois ma position. Il eût été cavalier de ma part de vous ôter le plaisir de la découverte. Et vous connaissez mon penchant pour la surprise et le débotté… »

Johan se renfrogna. Il apparaissait surtout bien effronté de le saisir de la sorte, alors qu'il était alité. Et de préférence aux moments où il aurait justement goûté à un semblant de tranquillité. Qu'importe, il savait qu'il ne pourrait recouvrer le sommeil. De toute la sérénité dont

---

[21] Jean Sibelius, *Tapiola*, op. 112, poème symphonique en cinq mouvements, 1926, représenté pour la première fois le 25 avril 1927 à Helsinki, sous la direction de Robert Kajanus.

il se sentait capable en ces circonstances, il interrogea le sémillant monarque :

« Bon. Admettons qu'il subsiste un lien entre mon glioblastome, votre royaume onirique, une entité tricéphale antagoniste et l'œuvre musicale de Sibelius, vieille d'un siècle. Que proposez-vous ? Un concert thérapeutique à l'ombre des conifères ? L'extrême-onction symphonique de mes tissus cérébraux, mis à mal par l'adversité d'un tyran aussi peccamineux qu'intraitable ? »

Tapio jeta un œil mutin sur son interlocuteur. Il rétorqua, taquin :

« Très exactement. Et vous allez m'y aider. Nous devons retrouver un à un tous mes instruments, ainsi que nous avons si bien débuté. Rassembler les cordes, les bois, les cuivres et les percussions nous permettra ensuite de reformer l'orchestration imaginée par votre éminent compatriote, ce cher Sibelius. Tout ce qui se passe en cette forêt se déroule simultanément au sein même de votre crâne. Délivrer mon royaume revient à vous sauver vous, et à défaire votre ennemi… »

Un calme complet ponctua cette tirade. Johan conservait le silence, son visage n'exprimant aucune émotion. Désarçonné, ce qui survenait rarement, Tapio ne savait sur quel pied danser. Alors qu'il s'autorisait une courte inspiration, se préparant à reprendre la parole, Johan l'interrompit. Il glissa, impénétrable :

« Et ces trois créatures mystérieuses réunies en une, dont vous évoquiez les noms, tout en esquissant les ombres funestes ? Si les chirurgiens sont parvenus à ôter la tumeur, pourquoi nous narguent-elles sans cesse de leur implacable cruauté ? Vous m'expliquiez vous-même que tout est lié, entre nos mondes assiégés ! »

Tapio baissa les yeux, en proie à une agitation croissante. Il rétorqua, sibyllin :

« Vos médecins vous l'ont déjà précisé, Johan… Une pareille tumeur de haut grade de malignité repousse toujours sur les bords de la cavité. Mais nous pourrons volontiers en discuter plus tard, sur le chemin de notre quête. Celle d'Orphée, à la recherche non pas d'Eurydice, mais de mes cordes… »

Johan soupira. Difficile de considérer cette réponse comme exhaustive, loin de là. Pourquoi cet empressement ? Et pourquoi les trois créatures continuaient-elles d'étendre leur emprise, si les neurochirurgiens s'étaient acquittés de leur noble mission ? Alors que le cortège se mettait en route, traversant une nouvelle fois les quelques mètres qui séparaient l'hôpital du sous-bois, les mots suivants s'imprimèrent dans l'esprit de Johan, telle une antienne tenace :

« Apprendre à vivre avec la tumeur ».

Il frissonna. Même le soleil et ses rayons ne parvenaient pas à tiédir l'amertume de ce constat.

***

Après une nouvelle pérégrination interminable, tous parvinrent en vue d'un gouffre, savamment masqué par une épaisse couverture végétale. Prestement, Tapio écarta quelques ronces, et un étroit passage enténébré se dévoila aux regards curieux de la cohorte. Peu rassuré, Johan fit quelques pas en avant, puis s'immobilisa. Lui n'était ni poète, ni transi d'amour pour une promise retenue aux enfers. Pourquoi irait-il donc se risquer à s'engouffrer ainsi sous la terre ? Visiblement indifférent à ces atermoiements, Tapio fit signe à ses sujets de le suivre, et tous les instruments disparurent bientôt à leur tour dans la pénombre. Autour de Johan, seul le bruit du vent témoignait encore de son appartenance au monde des vivants. Qu'allait-il ressentir, une fois à l'intérieur de l'abîme ? Lui aussi serait prochainement placé dans un cercueil, allongé pour de bon. Hâtait-il ce faisant la traversée du Styx ? Il n'y avait même pas de fleuve, par ici.

Alors qu'il s'absorbait dans des considérations esthétiques sur le choix de sa dernière demeure, un choc sourd le sortit soudainement de ses pensées. Quelque chose, ou quelqu'un, venait manifestement de choir sur sa droite, à quelque distance de l'entrée du tunnel. Se pouvait-il qu'il s'agisse d'un des instruments ? Absurde, ces derniers s'avéraient bien trop légers… Johan tourna la tête, lentement, majestueusement, telle une panthère perse. Un félin au crâne recouvert de bandages, mais un félin quand même. En dépit d'une analyse attentive de son environnement, il ne décela rien de particulier. La forêt se révélait si silencieuse qu'il lui était désormais possible de percevoir sa propre respiration, accélérée par la tension de ces perceptions auditives troublantes. Alors qu'il s'arrachait à l'examen vain de ce phénomène inexpliqué, un deuxième choc sourd se fit entendre. Cette fois, le son provenait du tunnel où Tapio s'était engouffré. Il fut suivi de bruits plus rapprochés, et la figure du souverain sylvestre se distingua bientôt dans les ténèbres. Il lança :

« Vous n'allez pas nous laisser chercher nos cordes sans nous porter assistance, tout de même ? Allez, tout le monde vous attend ! »

Johan soupira, puis se décida à rejoindre à son tour le souterrain. Il jeta un regard derrière son épaule, non sans espérer comprendre l'origine de ces imperscrutables rythmes. Las, il ne détecta aucun élément inhabituel.

Alors qu'il progressait sous les racines, à l'ombre de la galerie, il lui parut toutefois discerner un rire, loin derrière lui. Devait-il se retourner à nouveau ? Il repensa au mythe d'Orphée et d'Eurydice. Voulant s'assurer que sa promise le suivait bien, Orphée avait désobéi au maître des enfers, en se retournant avant d'atteindre la surface, condamnant son aimée à l'éternel séjour des morts. Qu'arriverait-il, dans son cas ? Aucune dryade n'empruntait ses pas, de même qu'il se serait montré bien incapable de lui jouer de la lyre. Une nouvelle exclamation de Tapio acheva de le convaincre de presser l'allure, à la recherche des cordes. À défaut d'user d'un instrument antique, il tâcherait au moins de débusquer ceux du dieu forêt. La contrebasse retrouvée, il leur fallait désormais rassembler les premiers violons, les seconds violons, les altos, puis les violoncelles.

Johan avait peine à croire que tous les intéressés puissent se tapir dans ces tunnels, mais Tapio semblait sûr de son fait. Après un coude, il dut d'ailleurs se rendre à l'évidence. Ce monde souterrain paraissait bel et bien animé de vie. Pour preuve, une créature gracieuse au ventre rebondi et aux membres rondelets se dirigeait déjà vers eux. Tous resserrèrent les rangs, et l'être en question apostropha Tapio d'une voix espiègle :

« Luonnotar, fille de l'air. Il me siérait de regagner la surface. Oh, et sachez que je ne suis pas seule : regardez par vous-mêmes ! »

D'un geste gracile, Luonnotar projeta de subtiles volutes de lumière dans la pénombre ambiante, dévoilant l'existence d'une salle aux dimensions généreuses. Blottis les uns contre les autres, des instruments apeurés contemplaient tristement les racines enchevêtrées qui les retenaient captifs. Tapio accourut, mais leur hôtesse le stoppa aussitôt :

« N’en faites rien, vous vous trouveriez à votre tour esclave de ces chaînes perfides. »

Elle pointa ensuite du menton ses propres chevilles, et tous purent constater qu’elle demeurait prisonnière, sa peau diaphane ceinte d’inexpugnables verrous végétaux.

Johan, interdit, cherchait vainement une explication à ce phénomène troublant. La voix de Tapio retentit alors près de lui, aussi mélancolique que sentencieuse :

« Protéger mon royaume, même quand ce dernier se révèle hostile à ses sujets… Ces racines ne constituent pas ma forêt, mais elles en sont le prolongement visible. Si nous déchirons sans précaution les liens, nous menaçons ces cages cruelles, autant que les vertueuses fondations de nos existences… »

Johan ferma un instant les paupières. Atteindre la tumeur, sans créer de déficits… Tout s'éclairait. La chirurgie maximale réduisait la charge tumorale, puis la radio-chimiothérapie entrait en jeu. Les médecins lui avaient également parlé des TTFields[22]. Une thérapie locorégionale non invasive, délivrant des champs électriques alternatifs de basse intensité et de fréquence intermédiaire (200 kHz pour le glioblastome). Un parallèle parfait avec la situation présente, et le sauvetage de cette fameuse Luonnotar. Si sa mémoire s'avérait bonne, le principal mécanisme d'action résidait dans la perturbation de la formation du fuseau mitotique, lors de la division cellulaire, entraînant l'apoptose des cellules cancéreuses en prolifération rapide, tout en épargnant les cellules cérébrales normales quiescentes.

Plus que jamais, le succès de chaque étape dépendait de la qualité de la précédente. Devrait-il s'en inspirer, pour libérer les cordes ?

***

[22] Tumor Treating Fields.

Johan se trouvait dans le canapé confortable et rassurant de son douillet salon. Regagner son domicile, après la courte hospitalisation liée à son opération, revêtait tous les attraits d'un retour à une existence presque normale. Il repensa à ses derniers rendez-vous. Tout résidait dans ce *presque*. Il toussota, ramenant à ses lèvres l'infusion qu'il savourait délicatement. Radiothérapie. Protocole ? Irradiation cérébrale focalisée sur la zone tumorale. 60 Gy en 30 fractions. Il but lentement le précieux liquide. Si les médecins l'avaient prévenu maintes fois de la dureté du traitement, rien ne l'avait préparé à son acrimonieuse réalité. D'autant que cette irradiation ne survenait pas seule.

Il expectora cette fois franchement, renversant une partie du nectar sur sa chemise au bleu céruléen. Chimiothérapie. Standard : Temozolomide (TMZ)[23] concomitant à la radiothérapie, suivi d'une phase d'entretien. Six à douze cycles. Facteur clé ? Méthylation du promoteur de MGMT. Meilleur pronostic si méthylé. Comment allait-il effacer cette tache ? Un nettoyage à trente degrés devrait suffire. Johan préférait toujours laver à basse température, pour préserver la douceur du vêtement. Et la délicatesse de ses tissus cérébraux ? Pourrait-il un jour les protéger ? Il rit naïvement de cette comparaison absurde. En l'occurrence, impossible de jeter l'étoffe, si le stigmate demeurait. Cette souillure se limitait-elle au glioblastome ? Ou incarnait-il désormais une gigantesque pollution toxique, depuis ce

---

[23] Principe actif anticancéreux commercialisé sous le nom de *Temodal*. Il est indiqué pour traiter le glioblastome multiforme nouvellement diagnostiqué, en association avec la radiothérapie, puis en traitement en monothérapie.

diagnostic macabre ? 1 m 80 de maladie incurable, 75 kilogrammes de matière organique condamnée au péril. Cela revenait à « faire de la voile » pour qualifier la pratique du bateau. Johan était devenu une synecdoque. Un Johan pour une tumeur, ou une tumeur pour un Johan ? Il reposa sur la table la tasse encore tiède. Un cercueil pour un cercueil, surtout.

« Vous comptez nous inonder *ad vitam* de vos idées noires ? »

Johan sursauta, puis soupira, courroucé. Encore ce Tapio. Celui-ci sautillait derrière lui. Il reprit :

« Vous serez bluffé de constater les résultats plutôt encourageants de votre traitement, en dépit de votre indécrottable morosité. Suivez-moi ! »

Avant qu'il ne puisse exprimer le moindre son, le sol s'ouvrit sous les pieds de Johan, et il atterrit bientôt tout en douceur dans la grotte qu'il venait de quitter. Luonnotar se tenait devant lui, toute à la joie de son autonomie reconquise. Tapio la couvait d'un regard facétieux. Il s'enquit aussitôt de son sort :

« Je vois que vous semblez recouvrer vos forces, et votre liberté ? »

La bien heureuse lui répondit avec enthousiasme :

« Absolument ! Vos sujets insistent toutefois sur un point, avant de vous retrouver pour de bon… »

Piqué dans sa curiosité, le dieu forêt lança, surpris :

« Ah oui ? Et quel est-il ? »

Luonnotar glissa, espiègle :

« Seul Johan doit les extraire de leurs chaînes… En conduisant l'orchestration de leurs notes ! »

L'intéressé sursauta. *Tumor Treating Fields*. Quel morceau jouer ? Il repensa au prénom de leur hôtesse. Luonnotar… Il s'approcha alors des cordes, puis ferma les paupières un instant. Quand il les rouvrit, une flamme nouvelle brûlait en son iris coruscant. Tapio et les autres instruments frissonnèrent. S'agissait-il du même homme ?

Johan fredonna, lentement, la mélodie de Sibelius. Étonnamment, il s'en souvenait parfaitement. Un poème symphonique avec voix, composé pour Aino Ackté, chanteuse d'opéra finlandaise. Inspiré de la création du monde, premier chant du *Kalevala* d'Elias Lönnrot. Johan s'était toujours senti irrésistiblement attiré par la figure de cet auteur, dont le rôle transcendait selon lui celui du scribe ou de l'ethnographe. Médecin de campagne, Lönnrot avait entrepris, entre 1828 et 1844, onze expéditions de collecte, parcourant des milliers de kilomètres à pied, à ski ou en barque, principalement dans la région de Carélie, pour recueillir auprès des bardes locaux les airs populaires, ou runes, transmis par tradition orale. Sa méthode s'avérait celle d'un architecte littéraire, d'un véritable démiurge. Loin de se contenter d'une transcription fidèle, Lönnrot avait assemblé ces fragments disparates, harmonisé les dialectes, conféré des noms et des identités stables aux personnages, inséré des vers de liaison et même élaboré ses poèmes, pour forger une trame narrative cohérente et unifiée. Oui, il s'agissait finalement de transmuer la matière brute de l'oralité en une œuvre totale, sublimant la culture du livre.

Johan revint à la réalité. Ce monologue intérieur l'avait revigoré. Il songea à ce fameux premier chant. La création du monde… Comment bâtir, au crépuscule de sa propre existence dénuée de tout espoir ? Il sentait son âme quitter son enveloppe charnelle, engourdi par une transe dont il ignorait l'origine. Devant lui, les cordes s'étaient animées. Luonnotar, la fille de l'air. Qu'avait Sibelius à l'esprit, en écrivant ces mesures ? Les notes emplissaient l'atmosphère, inquiètes. Tout acte de renaissance s'établissait dans la douleur. Celle de l'incertitude, du baigneur grelottant, réchappé de l'eau glacée des lacs septentrionaux.

Il ferma à nouveau les yeux. Il était la bise et le corps, la brise et le cœur. Les cordes résonnaient désormais de toute leur puissance. Bientôt, la voix de leur nouvelle amie retentit de concert. Luonnotar chantait Luonnotar. Son expression passait des teintes claires des mesures 89 à 119 à celles, plus sombres, des mesures 168 à 202.

Johan sentit une chaleur parcourir ses jambes, puis l'irradiation surnaturelle de cette emphase orchestrale atteignit sa poitrine, puis sa tête. À tout moment, chacun s'attendait à voir surgir quelque divinité des temps anciens. Naîtraient-elles des phrases elles-mêmes, de cette structure A-B-A'-C-B, de dissonance en dissonance, toujours plus fortes, jamais résolues ? Des changements de tempo, à chaque section, induisant ce chaos si terrible, et pourtant si délicat ?

Johan ne savait plus exactement où il se tenait, à cette seconde. Sibelius formait la disharmonie pour créer l'atmosphère, et non l'inverse. Il lutterait contre le glioblastome en écrivant sa propre partition, dépassant l'optique exclusive du triomphe ordalique.

Teenko tuulehen tupani,

Ferais-je ma demeure dans le vent,

aalloillen asuinsiani ?

Mon logis sur les vagues ?

Tuuli kaatavi, tuuli kaatavi,

Le vent la renverserait, le vent la renverserait,

aalto viepi asuinsiani.

La vague emporterait mon logis.[24]

Quand les dernières notes s'évanouirent enfin, tous se trouvaient désormais à l'air libre, à l'ombre généreuse de verdoyants conifères. Johan contempla un moment la nature exaltée, puis se tourna vers ses comparses. Ils avaient gagné une nouvelle alliée, et retrouvé les cordes de Tapio. Il inspira profondément, puis l'image d'Orphée aux enfers lui apparut un instant. Il la dispersa aussitôt. Cette fois, plus question de regarder en arrière.

---

[24] Extrait de Sibelius, *Luonnotar, op. 70*, fa dièse mineur, 1913, Breitkopf & Härtel. Traduction de l'auteur du finnois au français. *Luonnotar* (la fille de l'air) est inspiré du premier chant du *Kalevala*.

Troisième Partie

Allegro

III

[25]

[25] Jean Sibelius, Extrait de *Tapiola*, Op.112, 1926, Breitkopf & Härtels Partitur-Bibliothek (Nr. 3328).

Luonnotar se révélait aussi vive qu'insaisissable. À la réflexion, Johan se trouvait bien incapable de lui attribuer de quelconques traits. Tout à l'heure, dans la grotte, il lui avait pourtant semblé distinguer clairement son visage. Il tâcha de se concentrer. Après tout, son mythe émanait du *Kalevala*. Ce n'était pas rien. En dotant la nation d'un texte fondateur d'une ambition comparable à *L'Iliade* ou *L'Odyssée*[26] homériques, le *Kalevala* avait justement offert à la Finlande un passé emblématique, des titres de noblesse intellectuelle. Johan en avait parfaitement conscience : cet artefact littéraire s'établissait tel le catalyseur du mouvement nationaliste romantique, le *Fennoman*[27]. Luonnotar serait-elle son épopée, son substrat mythologique, dans la lutte contre la tumeur ? Tout cela lui paraissait si nébuleux.

Johan secoua la tête. Il lui fallait parvenir à la hauteur de sa cible. Il accéléra donc l'allure. Peine perdue, tous les pas effectués l'éloignaient au contraire de l'imperscrutable apparition. Existait-elle réellement ? Ou s'avérait-elle la manifestation d'hallucinations

---

[26] Homère, Ἰλιάς, Ὀδύσσεια, VIIIe siècle av. J.-C.

[27] Adolf Ivar Arwidsson, journaliste politique, écrivain et historien finlandais, s'exprimait en ces termes :
« *Svenskar äro vi icke mera,*
ryssar kunna vi icke bli,
derför måste vi vara finnar »
« *Suédois, nous ne le sommes plus,*
Russes, nous ne pourrons jamais le devenir,
Ainsi nous devons être Finnois ! »

enfiévrées ? Il se mit à courir pour de bon, écartant sur son passage les branches des arbres. Tout devenait flou autour de lui. Vortex émeraude, valse vertigineuse. Une ronce vint cingler sa joue gauche. Il se pencha en avant, balayant de la main le végétal importun. Il sentit le sang, sur ses doigts, et ralentit quelque peu, jusqu'à s'arrêter. Des mots résonnaient dans le lointain. Il prêta l'oreille :

« Traitements complémentaires… Une participation potentielle à des essais cliniques demeure possible. »

Johan déglutit. S'agissait-il d'un nouveau songe ? Il ne se souvenait plus avoir abordé ces sujets avec les médecins. À moins qu'il n'ait lu ces mots de son propre chef, à la faveur d'une bouffée d'anxiété nocturne ? Les voix retentirent à nouveau :

« Immunothérapie. Thérapies ciblées. »

Oui. Les neurochirurgiens avaient dû se muer en conifères majestueux. C'était la seule explication. Dans ces conditions, sa cure prendrait-elle la forme d'une écorce ? Il fixa l'arbre le plus proche. Tout de même, cette approche lui semblait receler quelques limites. Devait-il croquer l'élément sylvestre ? Le faire fondre sous la langue, comme un cachet d'antalgique ? Il se promit de poser la question, durant son prochain passage à l'hôpital. Il leva la tête, et contempla un instant le ciel. Ce dernier s'était paré de reflets ocre. Il ramena son attention devant lui, puis sentit une présence familière à ses côtés. Ses compagnons l'avaient rattrapé. Cette fois, ce fut la voix de Tapio, grave, qui s'éleva dans la quiétude ambiante :

« Thérapies symptomatiques. Antiépileptiques, corticoïdes pour la gestion de l’œdème vasogénique périlésionnel et la réduction de la pression intracrânienne. Cet œdème cérébral demeure, je vous le rappelle, une cause majeure de manifestations neurologiques. La dexaméthasone constitue alors le traitement de première ligne pour le contrôler, en recourant à la plus faible dose efficace pour la période la plus courte possible, afin de minimiser les effets secondaires, telles la myopathie, l’hyperglycémie, et surtout l’immunosuppression. Dans les situations aiguës d’hypertension intracrânienne menaçante, des agents osmotiques comme le mannitol ou le sérum salé hypertonique sont utilisés. »

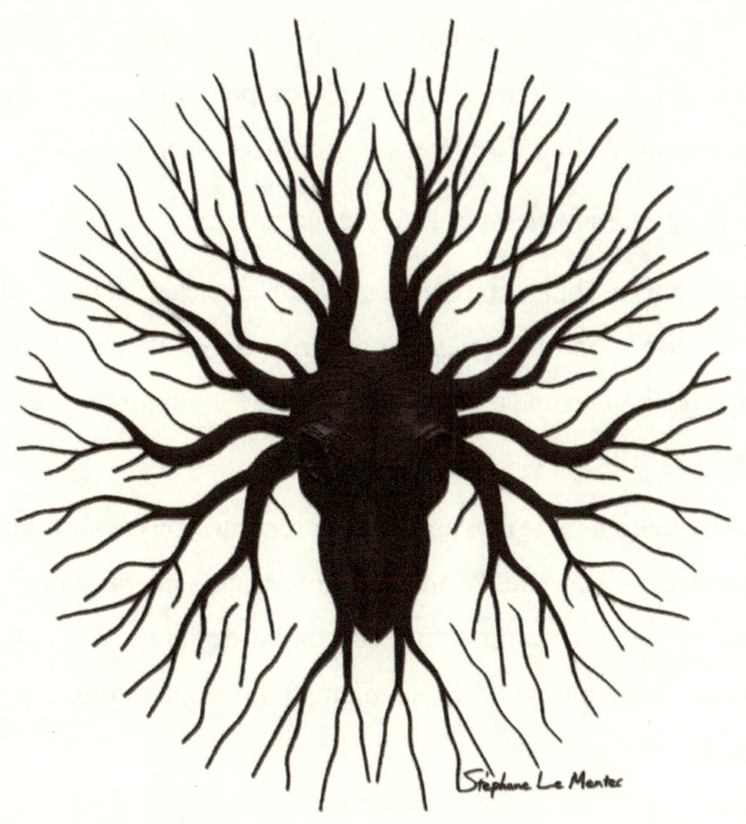

Johan fronça les sourcils, ce qui parut amuser le dieu forêt. Celui-ci ajouta, taquin :

« Je ne dispose certes d'aucune qualification en matière de neurochirurgie, mais je me souviens tout de même du protocole exposé par vos médecins, très cher. Je vous saurais par ailleurs gré de vous remémorer également notre quête. Il me tarde de retrouver mes cuivres ! »

Les cuivres… Avec tout ça, Johan les aurait presque oubliés. Recomposer la partition, celle de *Tapiola*. Il balaya son entourage proche du regard. Après les bois, Tapio et lui-même étaient parvenus à débusquer les cordes, non sans l'assistance évanescente de Luonnotar. Cette dernière flottait, à proximité du groupe. Quelle étonnante présence ! Sans s'en rendre compte, Johan la dévisageait désormais pour de bon. L'intéressée, troublée, lança bientôt :

« Vous me paraissez bien perplexe, jeune homme… »

Pris au dépourvu, Johan bredouilla quelques excuses. Lui qui détestait l'indélicatesse venait justement d'en faire montre. Il se mura dans un mutisme gêné. Désireuse de dissiper toute ambiguïté, Luonnotar professa, imperturbable :

« Lever partiellement le mystère de mon identité vous aidera sûrement à retrouver votre superbe. Permettez-moi donc de me présenter, par le truchement sublime d'un texte cher à votre âme. Le *Kalevala*, l'épopée de votre nation. Celle-là même qui occupait votre esprit, il y a de ça quelques minutes. »

Johan déglutit. Comment Luonnotar connaissait-elle le contenu exact de son cheminement intellectuel ? Il fronça légèrement les sourcils. Las, il devrait vraisemblablement se contenter d'une nouvelle question sans réponse. À cette idée, il soupira intérieurement, puis résolu de se concentrer sur le discours de son interlocutrice. Cette dernière poursuivit son monologue, d'une voix douce :

« Le premier chant s'ouvre sur une scène d'une solitude cosmique. Vierge de l'air, j'y éprouve une profonde lassitude, alimentée par l'immensité vide des cieux. Gagnée par cet ennui existentiel, je descends sur les vagues primordiales, abandonnant mon état aérien pour une autre condition, aquatique cette fois. S'ensuit une errance de sept cents années, durant laquelle, ballotée par la houle, je me mue en *veen emona*, la "mère des eaux". Dans cette longue gestation, fécondée par le vent et la mer, je porte en mes entrailles le futur du monde. Une *sotka*, ou cane, cherchant désespérément un lieu où nicher, aperçoit mon genou émergeant des flots. L'oiseau y construit son nid et y dépose sept œufs : six d'or et un de fer. Submergée par une chaleur ardente, j'agite ma jambe, provoquant la chute du nid. Les œufs se brisent dans l'océan.

De cette destruction naît la création. Les fragments se transmuent, pour former le cosmos : la partie inférieure de la coquille devient la Terre-Mère ; la partie supérieure, le firmament sublime ; le jaune d'œuf se métamorphose en Soleil radieux ; le blanc, en Lune blafarde ; et les éclats tachetés de la coquille, en étoiles scintillant dans le ciel. »

Johan, bouche bée, contemplait maintenant Luonnotar avec une certaine déférence. Il comprenait mieux l'intention de Sibelius, lorsque le compositeur avait conçu l'œuvre inspirée de cette séquence.

Dans la grotte, plus tôt, cette même impression de transcendance cosmogonique l'avait assailli. Soudain, cette production musicale se parait d'un lustre nouveau, à la portée symboliste. Il sourit. L'espace d'un instant, il pouvait presque associer chaque note de cet opus 70 à une évocation sensible du monde qui l'entourait. Luonnotar était une actrice de la géomorphologie : par ses mouvements, elle avait sculpté les rivages, creusé les baies, façonné les fonds marins. Un voile assombrit aussitôt les pensées de Johan. Où devait-on ranger les glioblastomes, dans cette dimension matricielle ?

***

La petite troupe progressait depuis plusieurs heures. Ou était-ce plusieurs jours ? À moins qu'il ne s'agisse de minutes… Johan n'en avait cure. Les médecins le lui avaient dit, sa médiane de survie s'établissait à 13 mois. Initialement, ce diagnostic l'avait plongé dans un effroi tout singulier : cette accélération temporelle soudaine allait-elle le pousser à profiter de chaque instant ? Ou au contraire le tétaniser, par l'ignominie de son implacable matérialité ? Finalement, aucun de ces deux postulats ne s'était incarné. Johan s'était donc décidé pour une troisième option : celle de la déréalisation. Non qu'il procède d'un déni protecteur, ou d'une fuite. Il avait simplement résolu de s'enfoncer dans la forêt, loin de l'hôpital. Abandonné à ses pensées, il ne remarqua pas les créatures qui se dressaient devant lui, à une dizaine de mètres. Quand la voix cristalline de l'une d'entre elles s'éleva, douce et bien timbrée, il sursauta :

« Ô, Tapio ! Que nous vaut ce plaisir, alors que vous cheminez en si bonne compagnie ? »

Luonnotar esquissa un discret sourire. De son côté, Johan tâchait d'identifier ses nouveaux interlocuteurs. Peine perdue, ils ne ressemblaient à rien qu'il puisse connaître. Percevant son émoi, ces derniers reprirent, sur le ton de la confidence :

« Nous sommes les *Kodamas*. »

Seul le mugissement du vent parcourant les feuilles des arbres accueillit ces quelques mots. Perplexe, Johan contemplait les principaux intéressés. Koda-quoi ? Impérieux, Tapio professa, de sa diction parfaitement mesurée :

« Ces entités sylvestres peuplent abondamment l'imaginaire japonais ! Vous n'en avez jamais entendu parler ? »

Avant que Johan, légèrement agacé par l'insinuation de cette interrogation malicieuse, ne puisse rétorquer, le dieu-forêt poursuivit aussitôt :

« Le terme *Kodama* lui-même se révèle un joyau de polysémie. Composé des kanji 木 ("arbre", "bois") et 霊 ("esprit", "âme") ou 魂 ("âme"), il désigne non pas une créature unique et définie, mais un concept, une présence, une émanation spirituelle. Le *Kodama* est à la fois l'esprit qui habite un arbre ancien, mais aussi le phénomène acoustique de l'écho (山彦, *yamabiko*) qui, dans la quiétude des montagnes, était perçu comme la réponse de cet esprit. Son ontologie est donc fluide, oscillant entre le statut de *kami* (神), divinité vénérable digne d'un culte, et celui de *yōkai* (妖怪), esprit ou apparition plus ambiguë. Cette ambivalence se montre fondamentale : un *Kodama* est généralement considéré telle une force neutre ou bienveillante, veillant sur son écosystème. »

Johan écoutait cette fois doctement. Entre le *Kalevala* et le pays du soleil levant, tous effectuaient un grand écart culturel total. En apparence toutefois, car les éclaircissements fournis par Tapio projetaient un éclairage salvateur sur la présence de ces *Kodamas* en ces lieux. La forêt demeurait leur logis, que celle-ci s'avère finlandaise, japonaise ou brésilienne. Il s'arrêta un instant sur l'essence de ce postulat. Visiblement, toutes les forêts ne se valaient pas, certaines faisant l'objet d'une protection des États, tandis que d'autres se trouvaient sacrifiées sur l'autel des intérêts industriels.

Qu'advenait-il aux *Kodamas*, lorsqu'ils perdaient leur royaume ? Venaient-ils sonner à la porte des maisons, comme l'avait fait Tapio avant eux ? La voix de ce dernier, désormais douce, confinant au murmure, le sortit de sa transe :

« Il est dit que le sang coule d'un arbre habité si on tente de l'abattre, et que celui qui commet un pareil sacrilège s'attire une prompte malédiction. Ainsi, le *Kodama* incarne la sacralité de la nature. Une sacralité non pas transcendante, mais immanente, nichée au cœur même de la matière vivante. »

Les yeux brillants, Johan s'approcha du sujet de ces paroles passionnées. Après tout, il n'aurait peut-être plus jamais l'occasion de contempler de tels trésors. Un phénomène étonnant, mais néanmoins familier, le saisit aussitôt. À la manière de Luonnotar, les *Kodamas* semblaient échapper à toute réalité tangible. Les fixer revenait à les perdre de vue, les frôler les nimbait dans la brume, les toucher dissipait leur proximité. Une nouvelle fois, Tapio vola à la rescousse de son jeune ami, avec la patience du précepteur rompu à l'exercice de la leçon didactique :

« Dans l'art japonais classique, notamment dans les peintures de paysages de l'école *Kanō* ou dans les estampes *ukiyo-e*, le *Kodama* s'avère rarement, voire jamais, dépeint sous une forme anthropomorphe. Sa présence demeure suggérée, non montrée. Elle se révèle signifiée par la majesté d'un arbre centenaire, ceint d'un *shimenawa* (注連縄)[28]. L'artiste ne représente donc pas l'esprit, mais son réceptacle, invitant le spectateur à une contemplation qui dépasse

[28] Corde sacrée en paille de riz qui délimite un espace purifié et habité par un *kami*.

la simple observation botanique, pour aboutir au numineux. À ce sujet, je vous encourage fortement à relire l'œuvre de Toriyama Sekien, en particulier son célèbre recueil de 1776, le *Gazu Hyakki Yagyō* (画図百鬼夜行). Le spectral, l'indistinct, soulignent le caractère insaisissable de nos hôtes. Capturer leur essence s'assimilerait à retenir le sable entre nos doigts, celui de la plage grandiose ou de la clepsydre immuable. »

Les *Kodamas*, jusqu'alors imperturbables, s'animèrent, produisant des sons mystérieux. En dépit de ses efforts, Johan ne parvenait pas à en identifier les notes. C'est alors qu'il comprit : cette présence se révélait à l'image de leur enveloppe terrestre. Elle formait des esprits, plus que des corps. Le son ne revêtait pas d'aspect mélodique, du moins au sens occidental. Il était texturé, créant une nappe sonore, signature acoustique de la forêt vivante. Johan ferma les paupières, et décida de mobiliser ses connaissances du théâtre Nō (能). La musique n'y servait pas tant à décrire qu'à évoquer. Il lui fallait utiliser le silence, le *ma* (間). Il remplit ses poumons de l'air du sous-bois. Sentit la caresse du vent sur ses joues. La fraîcheur de la mousse à ses pieds. La nature se résumait-elle à un décor inerte, une simple ressource ? Les branches lui soufflaient la solution, clamée en chœur par tous les habitants de ce royaume sylvestre : chaque élément du monde – une feuille, une rivière, un rocher – possédait une âme, une volonté, une intériorité. L'arbre ne s'établissait pas en objet ; il était un sujet, ou du moins le réceptacle d'un sujet. L'interaction avec lui relevait du dialogue, du respect mutuel, d'une relation d'interdépendance. D'où cette contamination miroir de la tumeur. Cet assaut groupé du glioblastome. Ces cendres, menaçant les terres de Tapio, projetaient la même ombre en son crâne. L'écho ne se limitait pas à un phénomène physique de réverbération des ondes sonores, mais constituait la voix de l'esprit. La réponse.

***

Johan rouvrit les yeux, et constata que les *Kodamas* projetaient sur lui et sur Tapio un regard bienveillant. En tous les cas, il le ressentait ainsi, puisqu'il lui aurait été bien impossible de discerner clairement les ambitions de ces présences spirituelles. Il s'en amusa. Lui, si friand de lois physiques, chimiques et biologiques, se découvrait capable de reconnaître à un phénomène tout à fait modélisable sa part d'intentionnalité, de conscience propre. Les deux axiomes, en dépit de leurs caractères a priori irréconciliables, formaient à cet instant une vertueuse complémentarité. Surtout, cette forêt, qu'il n'avait eu de cesse de considérer tel un système extérieur, regagnait enfin sa sacralité intrinsèque. Johan ignorait si les *Kodamas* percevaient cette épiphanie… Il lui sembla que oui. Lorsque ces derniers reprirent la parole, il en fut en tous points persuadé :

« L'écho de nos âmes se révèle aussi limpide que celui d'une exérèse tumorale parfaitement exécutée, pour peu que l'on appréhende la place de ces arbres en ce monde… Ce n'est qu'ainsi que vos trois adversaires, dont les noms grecs bruissent comme des plaies, pourront dissiper leur emprise. Mais une musique inédite résonne déjà à nos oreilles… »

Johan, pour sa part, n'entendait plus rien. Il cligna des yeux. La tête lui tournait, et il décida de s'asseoir un moment. Les *Kodamas*, autour de lui, sautillaient en tous sens. Quand il se réveilla, Johan se trouvait sur son lit d'hôpital.

Par la porte entrebâillée, il lui sembla comprendre ce que ses nouveaux amis lui avaient soufflé, plus tôt. Des voix, bienveillantes et érudites, discouraient :

« Chimiothérapie de 2□ ligne. Bevacizumab (Avastin), en anticorps monoclonal ciblant l'angiogenèse (VEGF). Lomustine (CCNU), agent alkylant. Utilisé seul, ou en association ? Irinotécan, en combinaison avec le Bevacizumab. »

Cette fois, le théâtre Nō ne lui était d'aucun secours. Johan n'en tirait aucun dépit, ni aucune frustration. Il avait appris à placer sa confiance en des professionnels qualifiés. Aussitôt, il repensa à sa rencontre avec les *Kodamas*. Considérer une vision animiste de la nature n'empêchait pas de croire en la science. Bien au contraire. Finalement, n'étaient-ce pas ces visions naturalistes, envisageant l'homme en marge de son environnement, et non en son sein, qui relevaient de l'imposture intellectuelle ? Il se promit d'y songer.

« Johan, quel plaisir ! »

L'intéressé contempla le sémillant neurochirurgien lui faisant face. Ce dernier paraissait aussi grave que détendu. Douce ambivalence. La vraie sagacité devant la mort prochaine d'un patient tenait-elle en ce paradoxe inavouable ? Il convenait de répondre au mieux à cette interaction crépusculaire. Après tout, ces mots constituaient les ultimes rayons d'un astre menacé par le néant. Un soleil bientôt couché, derrière la ligne d'horizon de son existence frappée de finitude.

« Vous m'entendez ? »

Oh, il entendait tout. Il tourna la tête dans l'autre direction, vers la fenêtre de sa chambre, où les conifères dansaient de leur feuillage majestueux dans la lumière infinie de l'été. L'hiver n'était pas pour tout de suite. Il cligna des yeux. L'hôpital avait cédé sa place à la clairière. Autour de lui, Tapio, Luonnotar et les instruments s'affairaient. Visiblement, tout le monde s'apprêtait à se mettre en chemin. Vers quelle destination ? Johan aurait aimé en savoir davantage sur ses ennemis.

Glía

Blastos

Ôma

Il égraina les trois noms, lentement, puis ferma les yeux. Il les rouvrit. Dans la clairière, rien n'avait changé. Johan repensa aux paroles des *Kodamas*. Des esprits, plus que des corps… Évoquer, plutôt que décrire. Se devait-il d'appliquer ces préceptes, à l'aune de la partition du dieu-forêt ? *Tapiola*. S'il s'était toujours montré friand de l'œuvre de Sibelius, il devait professer sa relative méconnaissance de ce poème symphonique. Un raclement de gorge le tira de ses réflexions. La voix de Tapio retentit alors, semblable au murmure du vent :

« Widespread they stand, the Northland's dusky forests,

Elles s'étalent amplement, les sombres forêts du Nord,

Ancient, mysterious, brooding savage dreams ;

Anciennes, mystérieuses, grosses de rêves sauvages ;

Within them dwells the Forest's mighty God,

Au milieu d'elles habite le puissant Dieu de la Forêt,

And wood-sprites in the gloom weave magic secrets.

Et les lutins des bois dans l'ombre tissent de magiques secrets.[29]

Sibelius fit ajouter ce quatrain en exergue de la partition, mon cher Johan. Une véritable distillation de sa propre explication en prose, fournie à l'éditeur Breitkopf & Härtel. Édifiant, n'est-ce pas ? »

---

[29] Traduction de l'auteur.

Johan ne savait s'il s'en trouvait plus avancé. Il tâcha de se répéter en lui-même les quatre vers. Manifestement, ce texte ne constituait pas un programme narratif, mais plutôt une clé d'entrée dans l'esthétique de l'œuvre, soulignant les thèmes de l'énigme, de la férocité, de la présence divine. Il croyait également y déceler la promesse d'une sorcellerie ténébreuse, insaisissable. Une nouvelle fois, Tapio prit la parole :

« La genèse de *Tapiola* se révèle paradoxale. Cette œuvre si profondément ancrée dans l'imaginaire finlandais est le fruit d'une commande passée en janvier 1926 par le chef d'orchestre américain Walter Damrosch, pour la New York Symphony Society. Sibelius, dont la situation financière s'était améliorée, écrivit l'essentiel de la partition lors d'un séjour en Italie, à Rome et sur l'île de Capri, loin des forêts nordiques qu'elle évoque. Cette période est marquée par une intense crise personnelle. Ses journaux et sa correspondance laissent entrevoir un artiste en proie au doute, à l'isolement et à un perfectionnisme dévorant. Sibelius en vient à regretter la commande, la qualifiant de corvée. Il recourt même à une consommation déraisonnée de whisky, afin de surmonter son angoisse galopante… Ce tourment se révèle tel qu'après avoir envoyé la partition à son éditeur, il la rappelle pour y apporter des corrections, un geste inhabituel pour lui qui préférait ajuster ses œuvres après les avoir dirigées en première. »

Un mutisme appuyé ponctua cette tirade. Johan l'avait appris en classe. Tous les écoliers finlandais le savaient. Cette lutte personnelle préfigurait le long silence créatif caractérisant les dernières années du compositeur, et notamment son incapacité à achever sa Huitième Symphonie, dont il brûla les esquisses. S'agissait-il là d'une explication à l'austérité implacable, à l'atmosphère de désolation émanant de *Tapiola* ? Johan songea à son propre état psychologique. Celui-ci aurait tout aussi bien pu être lu comme l'expression sonore directe des errances de Sibelius. La forêt qu'il dépeignait dans sa composition demeurait à l'image de son paysage intérieur, le lieu d'une confrontation avec la solitude d'une fin de vie inéluctable, d'une terreur existentielle rampante. Plus que jamais, qu'il procède de son glioblastome ou de la partition testament de Tapiola, l'ennemi perdurait, inexpugnable. Johan leva les yeux vers la voûte céleste. Autour de lui, la nuit drapait de ses ténèbres les conifères.

Où se trouvait désormais le neurochirurgien ? L'hôpital ? Un noir d'encre enveloppa ses sens, et tout cessa d'exister.

***

Sans surprise, la chimiothérapie ne réussissait pas franchement à Johan. S'il avait bien conscience de son efficacité sur le glioblastome, il devait faire face à des effets secondaires cuisants. Éliminer la tumeur, sans détruire la forêt. Plus facile à dire qu'à faire ! Son corps se comportait comme une enveloppe brisée, dysfonctionnelle. Les critiques de l'époque avaient-elles réagi de manière similaire, après la première représentation de *Tapiola* ? La comparaison s'avérait osée. Johan n'aurait souhaité à aucun musicien, compositeur ou chef d'orchestre de connaître un tel sort. Il se leva de son lit, qu'il n'avait pas quitté de la journée, puis se rendit devant son ordinateur personnel, déterminé à en savoir davantage. La première mondiale s'était tenue le 26 décembre 1926, au Mecca Auditorium de New York, dans le cadre d'un programme pour le moins éclectique : la Cinquième Symphonie de Beethoven, suivie du concerto en fa de George Gershwin, avec le compositeur lui-même au piano, et *Tapiola* en conclusion. Original. Johan se prenait au jeu. Il se servit un café, serré, puis poursuivit ses recherches documentaires.

La réception critique s'était révélée, sans surprise, plutôt tiède. Le public et les experts étaient déroutés. Même Olin Downes, le plus fervent défenseur de Sibelius au New York Times, se déclara « perplexe », tandis que Lawrence Gilman, du New York Herald Tribune, manifesta une incompréhension encore plus grande. Une voix bien connue résonna derrière Johan, qui sursauta vivement, répandant une fraction du breuvage sur le clavier de son ordinateur. Il soupira. Tapio éprouvait visiblement un malin plaisir à réaliser les entrées les plus improbables. L'intéressé se tenait debout, juché une table basse, entouré de ses instruments. Il entreprit un savant monologue :

« Ne vous y trompez pas, très cher. Cette réception initiale ne constitue pas le signe d'un échec, mais bien le baromètre de la radicalité de l'ensemble. Placée après l'héroïsme beethovénien et le dynamisme jazzistique de Gershwin, l'orchestration de *Tapiola* – austère, obsessionnelle, psychologiquement épuisante – ne pouvait qu'interloquer un auditoire non préparé. La perplexité de Downes établit la preuve la plus éloquente que Sibelius avait conçu une œuvre sans précédent, un art qui, comme le suggéreront les analyses ultérieures, était en avance de trente ou quarante ans sur son temps. »

Johan éteignit son ordinateur, puis se leva prestement. Il lança, amusé : « Une mélodie capable de sauver votre royaume, et d'éliminer la tumeur ? »

Tapio, sans mot dire, professa doctement :

« La démesure de *Tapiola* réside dans sa matière même, mon cher Johan. Sibelius y pousse à leur paroxysme l'innovation en matière de forme, d'harmonie et d'orchestration. Voilà pourquoi nous devons retrouver tous mes instruments : forger un univers sonore d'une cohérence et d'une puissance singulières. Notre entreprise, calquée sur celle de Sibelius, revient à restaurer la forêt, non pas en la mimant, mais en recréant ses textures, ses atmosphères et sa présence. À ce titre, vous n'êtes pas sans savoir que *Tapiola* est universellement estimé comme l'un des exemples les plus aboutis de construction monothématique. L'intégralité de la substance musicale, qui se déploie sur près de vingt minutes, émane d'un unique motif initial, une cellule simple et inquiétante exposée dès les premières mesures. Le musicologue finlandais Erkki Salmenhaara va jusqu'à contester l'appellation de "thème", lui préférant celle de "motif central". Selon son analyse, cette cellule primordiale engendre quatre motifs de base interconnectés, qui à leur tour donnent naissance à une trentaine de motifs dérivés, tous portant la signature remarquable du compositeur. Mais quittons la théorie un instant. Je vous encourage à considérer ces aspects en prise de position philosophique.

À la manière de Sibelius, nous nous devons d'abandonner ici les schémas préétablis, tels que la forme sonate, au profit d'un "développement organique". Cette expression ne constitue plus un récipient dans lequel on verse le matériau, mais le résultat du mécanisme même de transformation continue des idées musicales. Pensez à la Septième Symphonie, Johan. Une structure élaborée sur le contenu, constamment en devenir, une cohérence de progression, qui fait germer des systèmes complexes à partir d'éléments simples, imitant consciemment les processus de la nature. »

Johan déglutit. Il sentait surtout croître son mal de tête. Avant qu'il ne puisse verbaliser sa relative circonspection, Tapio renchérit, impétueux :

« Le motif initial fonctionne comme un génome musical, déployant en potentiel l'intégralité de l'œuvre. C'est l'incarnation de ce que Sibelius appelait la logique profonde, qui doit créer une connexion entre tous les motifs d'une production. Johan et Tapio, la tumeur et la forêt, le cancer et *Tapiola.* Allez, pressons ! Je pense savoir où se nichent mes cuivres ! »

***

Tous cheminaient depuis quelques minutes à travers un sentier arboré, bordé d'une rivière aux feux nitescents. Johan contempla un instant les reflets irisés, projetés par l'onde sur la frondaison. Chaque ocelle semblait animé d'une danse aussi folle que champêtre.

Devant lui, Tapio marchait d'un pas assuré, suivi de ses instruments. Ces derniers formaient une cohorte truculente, leur petite taille les confondant parfois avec les herbes hautes. Luonnotar, pour sa part, bondissait de talus en talus, ses cheveux cascadant au soleil comme les blés dorés. Comme si elle sentait le regard de son compagnon, elle tourna soudain la tête de trois quarts, accentuant la courbe de sa nuque délicate. Ses lèvres s'entrouvrirent, puis elle murmura :

« Quatre cors, trois trompettes, trois trombones ! »

Interdit, Johan s'interrogea sur la santé mentale de leur acolyte. Après quelques instants d'un flottement singulier, cette fois tout à fait étranger à la démarche aérienne de l'intéressée, il réalisa le sens de cette assertion. Il s'agissait effectivement des cuivres de Tapiola. Ceux-là mêmes qu'il leur fallait retrouver, pour accéder à la requête du dieu forêt. Cette quête musicale permettrait-elle véritablement de sauver son royaume ? Voire de vaincre la tumeur ? Avant qu'il ne puisse approfondir ses réflexions, Luonnotar reprit, d'une voix plus forte :

« La neuroesthétique[30] vous offrira réponse à toutes vos questions, croyez-moi. »

---

[30] Discipline étudiant les fondements neurobiologiques de l'expérience artistique.

Johan fut saisi d'un vertige. Affrontait-il une énième migraine, en lien avec la progression du glioblastome ? Il n'en détenait pas la certitude, mais il tenait toutefois le fait suivant pour acquis : un personnage issu de la mythologie finlandaise ne pouvait décemment improviser un cours de neurologie. Il devait cependant admettre que cette affirmation s'inscrivait parfaitement dans leur projet de recomposer *Tapiola*. Sa curiosité attisée, Johan décida de conserver le silence, et de laisser Luonnotar étayer son propos. Discernant son air interrogateur, l'intéressée poursuivit :

« L'expérience du sublime, théorisée par des philosophes comme Edmund Burke, s'avère une émotion complexe, vous le savez sûrement. Elle mêle le délice à une forme de tourment, ou de terreur, ressentie face à un objet ou un phénomène qui nous dépasse par sa grandeur, sa puissance ou son immensité. L'art de Sibelius, avec son échelle cosmique, ses tensions harmoniques non résolues et son ardeur écrasante, constitue sans nul doute le déclencheur paradigmatique de cette expérience. »

Tous écoutaient désormais l'oratrice avec attention. Satisfaite de son effet, elle reprit :

« Des études en neuro-imagerie ont montré qu'une musique dissonante ou perçue comme triste et angoissante stimule des régions cérébrales associées à la menace et à la peur, telles que l'amygdale et l'hippocampe. Cette activation correspond précisément à la description de *Tapiola*. »

Tapio, qui s'était avancé à son tour, s'inclina devant Luonnotar, et renchérit :

« La question se pose alors : comment le cerveau transforme-t-il cette expérience de tension et de "douleur" auditive en un plaisir esthétique intense ? La théorie de la dissociation du plaisir esthétique propose que, dans un contexte artistique, le cerveau se révèle capable de désactiver ou de mettre à distance les aspects aversifs d'un stimulus pour se concentrer sur sa vivacité émotionnelle et sa complexité, ce qui est source de plaisir.

C'est exactement ce que je sous-entendais tout à l'heure, en vous indiquant savoir comment retrouver mes cuivres. Il est établi que les expériences esthétiques profondes, qu'il s'agisse de la sensation d'être viscéralement "ému" ou de l'émerveillement sublime, animent puissamment le circuit de la récompense du cerveau, notamment le cortex orbitofrontal et le striatum ventral, un processus médié par des neurotransmetteurs comme la dopamine.

Il nous faut modéliser l'écoute de *Tapiola* tel un déroulement neurologique en deux temps, à la manière de Sibelius. Dans sa composition, il manipule l'état de l'auditeur en jouant d'abord sur les circuits neuronaux de l'anxiété et de la tension, par l'usage massif de la dissonance et de l'instabilité. Puis, cette tension extrême, au lieu de se résoudre par des moyens harmoniques conventionnels, est transmuée en une expérience de sublime esthétique, déclenchant en retour le circuit de la récompense. »

Johan l'interrompit alors, impatient :

« Et comment comptez-vous procéder ? »

Tapio et Luonnotar clamèrent, en chœur :

« La musique ne se contente pas de raconter la création, Johan. L'œuvre de Sibelius nous stimule au niveau neurobiologique, en nous faisant traverser un état de chaos anxiogène, pour nous amener ensuite à un sentiment d'ordre et d'émerveillement cosmique. Allongez-vous dans l'herbe, nous allons reconstruire la forêt sonore ! »

Dubitatif, mais résigné, Johan s'exécuta. Il s'étendit sur le substrat sylvestre, ressentant contre son épiderme la douce caresse de la mousse. Finalement, cette idée ne se révélait pas si mauvaise, d'autant que de nouveaux maux de tête commençaient à l'élancer sérieusement. Il ferma les yeux, et le son des instruments de Tapio résonna fièrement près de lui.

Vent et murmure, *divisi* des cordes en nappes complexes, trémolos *sul ponticello, sul tasto*, glissandos chromatiques. Violons, altos, violoncelles. Texture fine, éthérée, sensation physique de froid et d'inquiétude. Frémissement des feuilles, *pizzicati* et *col legno* dispersés, figures rapides et légères en *staccato*. Section de cordes. Sonorité percussive, sèche, aléatoire ; imitation du crissement et du bruissement. Appels spectraux, solos et chœurs de bois, motifs répétitifs et des intervalles inhabituels. Cor anglais, clarinettes, flûtes. Timbre désincarné, sentiment de solitude et d'étrangeté, voix dans la forêt. Immobilité, temps suspendu, longues tenues dissonantes, accords statiques en pédale. Bois, clarinettes, bassons… Johan sentait d'autres notes, comme en son être. Oui, il s'agissait là de la place des cuivres. Des cors en sourdine. Des trompettes. Des trombones. Il percevait leur jeu, désormais clairement.

Ouvrant précautionneusement les yeux, il constata avec stupeur qu'un orchestre quasi complet s'affairait sur son ventre, au rythme de sa respiration régulière. Il se redressa avec difficulté, alors que les nouveaux venus accouraient vers leur souverain de toujours. Les rayons du soleil flattaient agréablement leurs habits aux mille reflets. Tapio, impérieux, lança à la cantonade :

« Ne manque que les percussions, et nous serons au complet ! Hâtez-vous, il me tarde d'y être ! ».

Un halo coruscant semblait envelopper le dieu-forêt, tant la maestria de sa stature frappait. Partagé entre l'allégresse et la prudence face à cette tirade incandescente, Johan le réalisa soudain. *Tapiola* formait une théophanie, véritable manifestation de la divinité. Plus que jamais, à mesure que le temps s'écoulait, Tapio cessait d'incarner un monarque suggéré, pour devenir une force puissante, ambitieuse, presque terrifiante. Atteindraient-ils tous avec lui la quintessence de cette composition, le moment où l'esprit de Tapio se révèle dans toute sa fureur ? Johan ne parvenait pas à déterminer si un tel aboutissement constituait pour lui un objectif à poursuivre.

Après tout, passée l'alacrité des premiers instants, cette nouvelle découverte musicale ne lui apportait aucun apaisement. Elle instaurait un silence encore plus lourd, comme si la forêt, après avoir démontré son sublime, le négligeait à nouveau. Comme le glioblastome ? Sommeillait-il sagement ? À moins qu'il n'ourdisse les plus vils complots ? Les questions se bousculaient en son âme enfiévrée. S'agissait-il d'une lueur de rédemption, d'une transfiguration, ou de l'affirmation sereine et totalement inhumaine de l'éternité de la nature ?

Johan ignorait la réponse à ces questionnements. Il se redressa pour de bon, massant son crâne. Les céphalées redoublèrent d'intensité, et il sentit son corps basculer en arrière.

Le noir complet l'entourait.

Quatrième Partie

Pocco rallentando

IV

[31]

[31] Jean Sibelius, Extrait de *Tapiola*, Op.112, 1926, Breitkopf & Härtels Partitur-Bibliothek (Nr. 3328).

Johan patientait sagement dans la salle d'attente du service radiologie de l'hôpital. Une IRM de contrôle tous les deux mois, pour surveiller la récidive.

« Le glioblastome repoussera inexorablement, sur les bords de la cavité. »

Les mots des neurochirurgiens résonnaient en son esprit. L'IRM n'avait pas vocation à définir l'éventuelle rechute. Cette dernière s'établissait en effet comme certaine. Inéluctable. La question n'était donc pas tellement de déterminer un *si*, mais plutôt un *quand*. Et ce *quand* semblait plus proche que jamais. La porte s'ouvrit, et Johan fut invité à pénétrer dans un bureau aux teintes claires. Son médecin lui souriait. S'agissait-il d'une simple politesse à portée irénique ? D'un signe de bon augure ? Ou au contraire d'une commisération feinte, face à un nouveau diagnostic funeste ? Ces entretiens relevaient désormais de l'ordalie, et Johan s'en serait bien passé. Après tout, s'il devait mourir, que la nouvelle se révèle prompte, et son trépas immédiat.

Une réalisation s'imposa alors à lui : s'il rejoignait l'au-delà, qui aiderait Tapio à retrouver ses derniers instruments ? Il balaya aussitôt cette idée. Tapio n'existait pas, en tous cas pas en dehors de ses hallucinations diverses et variées.

À moins que… Et s'il se trompait ? Il tâcha de concentrer son attention sur son interlocuteur en blouse blanche. Ce dernier semblait émettre des sons, mais seul un bourdonnement continu parvenait jusqu'à Johan. Il scruta les lèvres du praticien. Celles-ci s'agitaient. En vain. Il commençait à se sentir nauséeux. Allait-il vomir le glioblastome ? La tumeur avait-elle au moins repoussé ? Quelle forme revêtirait-elle ? Si elle se révélait trop dodue, elle ne pourrait remonter le long de son système digestif… Il s'en voulut de raisonner ainsi. Tout ceci n'avait aucun sens : l'intrus se logeait en son cerveau, non en son ventre, ni en sa bouche.

Devant lui, le neurochirurgien s'interrompit. Ses yeux bleus le fixaient, sans ciller. Johan fronça les sourcils. Il aurait juré qu'en ce regard se nichait une rivière. Une onde imperscrutable. Tel le linceul d'Ophélie, noyée parmi les fleurs et les algues, le visage diaphane. La toile de John Everett Millais, du même nom[32], lui vint en tête. Des saules (*willow*) en arrière-plan, symboles de l'amour délaissé, des orties (*nettles*) bordant la rive, évoquant la douleur, des pâquerettes (*daisies*) flottant près de sa main droite, emblèmes de l'innocence, une guirlande de violettes (*violets*) autour de son cou, incarnant la fidélité, mais aussi la mort prématurée. Johan déglutit. Il sentait le pavot, comme dans la composition de Millais… Que signifiaient-ils, allégoriquement ? Le sommeil. Le trépas. Johan avala sa salive de travers. Il toussa. Et les pensées (*pansies*) ? Leur nom anglais rappelait le mot *thought*, en référence à la folie et aux vaines pensées d'Ophélie. Ou s'agissait-il des siennes ? Le cours d'eau se déversait maintenant sur ses joues. Les siennes ? Ou celles de son interlocuteur ? Le sentiment d'irréalité n'aurait pu se révéler plus vif.

« … ce qui ne laisse aucun doute… »

Aucun doute ? Il n'y avait en effet aucun doute sur l'absurdité de cette situation. Que se passerait-il, s'il décidait de prendre congé, séance tenante ? De rejoindre la forêt, toute proche ? Il fallait retrouver les percussions.

« … sur une récidive de la tumeur. J'en suis navré, Johan. »

---

[32] John Everett Millais, *Ophelia*, 1851-1852, Londres, Tate Britain.

L'intéressé se leva, sous le regard interloqué de l'éminent docteur. Il gagna prestement la porte, puis fila dans le long couloir aux murs nus. Ses bras lui paraissaient faits de roseaux puissants, comme ceux d'un sprinteur sylvestre. Une telle chose existait-elle ? Il sentait déjà la mousse sous ses pieds. Bientôt, il remarqua que Tapio et Luonnotar courraient également à ses côtés. D'où avaient-ils jailli ? Aucune importance. Après quelques minutes de cette course impromptue, tous trois parvinrent à l'ombre des conifères. Bois, cordes et cuivres les attendaient, juchés sur une souche couverte de lichens et d'herbes folles. Tapio prit place au centre de ce rassemblement, puis énonça doctement :

« Les timbales, mes chers amis, les timbales ! »

Johan le contempla un instant. Cette fois, nulle ambition dévorante ne venait teinter l'alacrité de sa volition souveraine. Il sourit. Ici, au moins, pas de couloir. Des arbres, à portée de vue. Johan repensa aux cendres. Allaient-elles réapparaître, maintenant que la tumeur avait récidivé ? Certainement, se dit-il.

Glía

Blastos

Ôma

Il aurait bien voulu les rencontrer. Au moins pour mettre un visage sur leur monstruosité. Aurait-il été saisi d'effroi ? Ou ces trois entités se présenteraient-elles sous des dehors trompeurs, à la séduction délusoire ? Il ramena sa réflexion sur l'œuvre de Sibelius. Si ce monde s'érigeait comme le miroir de *Tapiola*, cette angoisse latente ne trouverait guère de résolution. Il songea aussi aux explications des *Kodamas*. Évoquer, plutôt que de décrire. La voix de Luonnotar retentit alors près de lui, de son souffle clair :

« Vous pensiez à l'Ophélie de Millais, tout à l'heure… »

Johan tressaillit. Il fixa, incrédule, sa compagne. Impénétrable, cette dernière reprit, de ses accents d'air et d'eau :

« La composition de Millais se montre d'une audace remarquable. Le format horizontal et le cadrage resserré, sans aucune ouverture vers le ciel, enferment le spectateur dans l'intimité macabre de la scène. Ophélie n'est pas représentée dans l'agonie. Au contraire, sa figure est empreinte d'une sérénité extatique, ses mains disposées en un geste oscillant entre l'abandon et la bénédiction. Ses lèvres mi-closes laissent échapper un ultime chant, transformant sa noyade en une sorte d'aria funèbre. »

Un silence complet s'établit. Johan n'osait plus bouger. Les rayons du soleil caressaient son visage, qui demeurait toutefois étrangement froid. Luonnotar poursuivit, imperturbable :

« Il y a ici une ambivalence fondamentale. La nature, par son exubérance fastueuse et sa délicatesse méticuleuse, forme un écrin somptueux. Pourtant, ce même écrin végétal devient le tombeau d'Ophélie. La vie et la mort sont intimement liées, la décomposition à venir étant déjà contenue dans la splendeur du présent. Millais opère une transfiguration esthétique du trépas, le dépouillant de son horreur, afin de le nimber d'un charme funeste et envoûtant. La jeune femme semble se dissoudre dans le paysage, retournant à un état de nature primordial. »

Le cœur de Johan tambourinait en sa poitrine. Cette fusion du trivial, présenté dans chaque détail de la flore, et du sublime, par le truchement de cette héroïne shakespearienne, le plongeait dans l'abîme. Beauté, folie, fragile frontière séparant la vie de l'anéantissement ? Un rire retentit alors, au loin. Un ricanement sombre, comme le testament d'un calembour au comique délavé. Il se mua en hoquets, et parut se rapprocher singulièrement, pour enfin résonner, tout près. De surprise, Luonnotar, Tapio et les instruments reculèrent sous la protection des arbres. Interdit, Johan ressentait désormais cette raillerie macabre au plus profond de lui. Il se retourna, et réalisa qu'il se trouvait toujours dans le bureau du médecin. Ce dernier le scrutait, inquiet. Johan jeta un regard à sa droite, et constata qu'un miroir garnissait le mur. Dans le reflet, il se vit, hilare, agité de soubresauts incontrôlables. Ceux d'un dément. Trois ombres l'entouraient, de leurs doigts crochus, noués, chargés de cendres et de débris végétaux.

Glía

Blastos

Ôma

Johan tenta vainement de se lever, mais ses pieds se mêlèrent, et il s'effondra, misérablement.

***

Impossible d'ouvrir les yeux. Derrière ses paupières, ses pupilles s'animaient en tous sens. Sa respiration s'accéléra. Il tenta d'activer ses doigts. Ses orteils. Sa mâchoire. Rien ne semblait disposer à entrer en mouvement. Johan sentait toutefois sa cage thoracique s'élever, se gonfler d'air. Il expira. Des formes se matérialisaient. Des couleurs, des lignes.

Celles d'une toile. Il reconnut *La Mère de Lemminkäinen*[33], de Gallen-Kallela. Une représentation littérale du Kalevala, telle une transposition de la pietà chrétienne. Ou s'agissait-il d'une évocation du mythe égyptien d'Isis, ressuscitant Osiris ? Qui le ressusciterait, lui ? Il repensa aux neurochirurgiens de l'hôpital, puis à Tapio, et enfin à Luonnotar. Certaines de ces figures demeuraient bien réelles, quand d'autres s'échappaient directement de la mythologie finlandaise. Qui était qui ?

Il concentra son attention sur la toile, qui dansait maintenant devant lui. Étrange, ses paupières se trouvaient pourtant closes. Qu'importe. Gallen-Kallela employait un langage allégorique codifié : le serpent ondulant près du corps démembré de Lemminkäinen dépeignait le mal et les secrets des enfers ; les arbres devenaient des emblèmes des personnages (le pin robuste pour le vieux Väinämöinen, le jeune

---

[33] Akseli Gallen-Kallela, *La Mère de Lemminkäinen*,, 1897, tempera sur toile, 85,5×108,5 cm, Musée d'art Ateneum, Helsinki.

bouleau pour la vierge Aino) ; et il n'hésitait pas à insérer des symboles politiques, comme la petite couronne de la dynastie Romanov sur l'un des serpents du champ de vipères, critique à peine voilée d'une russification de la Finlande. Le glioblastome constituait-il la russification de son cerveau ? Il pouffa, à cette idée. Être affecté d'une tumeur, incurable qui plus est, apportait une indéniable distance vis-à-vis de la géopolitique et de l'histoire. Peu lui importait finalement ces détails, qui n'en étaient pourtant pas. Alors qu'il gloussait, cette fois avec un certain panache, il sentit une main le tirer vers le haut. Celle d'un grand monsieur, vêtu de blanc. Johan se trouvait face à son médecin. Celui qui venait de lui annoncer, avec gravité, la récidive de la tumeur. Ce dernier le fit asseoir à nouveau, puis actionna d'un geste une télécommande. Celle-ci déclencha un système sonore, derrière eux.

Les premières notes de *Tapiola* résonnèrent. Johan cligna des paupières, mi-stuporeux, mi-enjoué. Le fauteuil semblait étrangement plus moelleux. Il tâta son dos, et ses doigts rencontrèrent une mousse compacte, agréable au toucher. Il ferma les yeux, et la voix de Luonnotar berça ses pensées vagabondes. Il pouvait même distinguer ses cheveux blonds bruissant dans la brise, perçant la brume de ses songes :

« *Tapiola* se doit d'être confrontée à l'esthétique du sublime. Une expérience mêlant l'effroi, la fascination, mais aussi le respect face à un pouvoir dépassant l'entendement humain. Ce sentiment, Johan, est la juxtaposition simultanée de notre insignifiance, et d'une élévation spirituelle ineffable. »

Johan acquiesça intérieurement. Cela faisait sens.

Cette esthétique puisait son incarnation la plus parfaite dans la peinture du romantique allemand Caspar David Friedrich. Il adorait ses toiles. Instantanément, il visualisa *Le Voyageur contemplant une*

mer de nuages[34], ainsi que *Le Moine au bord de la mer*[35]. L'iode et la tempête semblaient parvenir à ses poumons. Rencontre de l'individu solitaire avec l'immensité de la nature. Il soupira d'aise. Et *La Mer de glace*[36] ? Cette œuvre allait plus loin, en dépeignant la puissance destructrice et l'indifférence glaciale des forces naturelles. La voix de Tapiola retentit à nouveau :

« Tout à fait, Johan. *Tapiola* réalise des effets similaires par des moyens purement sonores. L'immensité se trouve suggérée par les textures orchestrales vastes et statiques ; la terreur est provoquée par les dissonances et la fureur de l'orage. Cependant, Sibelius opère une rupture radicale avec le sublime romantique, tel que le conçoit Friedrich. Chez le peintre, la présence quasi systématique d'une figure vue de dos, le *Rückenfigur*, sert de médiateur. Le spectateur est invité à s'identifier à ce personnage, et à considérer la nature à travers son regard. Sibelius, lui, élimine ce médiateur humain. Il n'y a pas de *voyageur* dans la forêt de *Tapiola.* »

Johan retenait son souffle. C'était tout à fait ça. Il gisait dans cette forêt, sans protection, sans la distance contemplative offerte par la représentation. La perspective n'était plus celle de l'homme admirant la nature, mais celle de la nature elle-même, l'englobant tout entier.

---

[34] Caspar David Friedrich, *Le Voyageur contemplant une mer de nuages*, 1818, Huile sur toile, 94,4x74,8 cm, Kunsthalle de Hambourg, Hambourg.

[35] Caspar David Friedrich, *Le Moine au bord de la mer, 1810, Huile sur toile, 110×171,5 cm, Alte Nationalgalerie, Berlin.*

[36] Caspar David Friedrich, *La Mer de glace*, 1824, Huile sur toile, 96,7×126,9 cm, Kunsthalle de Hambourg, Hambourg.

Cela expliquait-il ce sentiment unique et angoissant d'être *écouté* par la musique ? Luonnotar murmura, tout en s'éloignant lentement :

« Le sujet devient l'objet. Une vision du sublime profondément moderniste, où l'individu ne constitue plus le centre de l'expérience, mais un élément fragile au sein d'un tout qui le dépasse et le menace. *Ostinatos* rythmiques dans les cordes graves, roulements de timbales pianissimo. Violoncelles, contrebasses… et timbales ! »

Johan ressentait les pulsations sourdes et obsédantes de Sibelius. Une présence cachée, un danger imminent. Il rouvrit les yeux, et s'aperçut que ses bras et ses jambes se trouvaient désormais recouverts de cendres.

***

Le bureau du psycho-oncologue était chargé d'ouvrages anciens. Johan y distingua plusieurs œuvres de Shakespeare, et notamment Hamlet. Quelle coïncidence ! Il repensa à la vision d'Ophelia, sa peau marmoréenne, sa dépouille sans vie. La rivière. Aurait-elle goûté elle aussi au charme de Sibelius ? Il faillit poser la question à son interlocuteur, mais se ravisa. La séance était consacrée à l'annonce de la récidive. Celle du glioblastome. Il éprouvait pourtant les plus grandes difficultés à se concentrer sur cette information simple.

Le thérapeute le considéra un instant. Ses lèvres bougeaient. À la manière de celles du médecin, un peu plus tôt. Mais pour dire quoi ? Johan entreprit de détecter en ses yeux la solution à ce mystère. Peine perdue. Il reporta son attention sur son propre corps. Ses bras et ses jambes demeuraient toujours recouverts d'une épaisse poussière brune, aux reflets argentés. Les cendres. Il se souvenait parfaitement de leur existence, et de l'explication fournie par Tapio. Pour autant, et comme il n'y avait plus songé depuis longtemps, leur réapparition paraissait bien injuste. De surcroit, ces dernières ne se limitaient plus aux conifères de la forêt. Ses membres, sa chair, son être tout entier se trouvaient attaqués. Contaminés. En état de siège. Mais pas encore conquis. Johan se redressa sur son fauteuil, et la voix du psychologue parvint cette fois clairement à ses oreilles :

« Et c'est précisément pour cette raison que nous sommes ici, Johan. »

L'intéressé plissa légèrement les yeux. Il ne lui semblait pas demeurer pleinement en ce bureau, à cet instant précis. Il ne serait d'ailleurs pas surpris de découvrir Tapio, Luonnotar et les instruments, tapis derrière les doctes volumes du maître de céans. Était-ce cela, ressentir la proximité de la mort ? Comprendre en son âme la porosité des univers livresques et tangibles, hospitaliers et sylvestres, dans une infinie farandole ponctuée des mesures de savants compositeurs septentrionaux ? Une tonalité en si mineur. Une main diaphane se posa sur son épaule, tandis que les fiers branchages de Tapio l'enserraient de leur présence souveraine et rassurante. Johan s'en voulut un peu d'avoir eu peur du dieu forêt.

Appréhender l'ambiguïté de cette présence revenait à lever partiellement le voile de *Tapiola*. Sibelius y rejetait à la fois les principes de l'harmonie fonctionnelle classique, basée sur les rapports tonique-dominante, et ceux du chromatisme triadique hérité du romantisme. Sa pratique tonale se fondait plutôt sur l'utilisation de gammes distinctes, ainsi que sur leur interaction avec le processus thématique. Johan se blottit contre ses deux comparses. Son existence crépusculaire, comme cette œuvre magistrale, naviguaient toutes deux entre des échelles modales, des fragments de la gamme par tons, et d'autres agrégats scalaires, le centre tonal se dissolvant complètement par moments, laissant place au son seul. Pur, où la texture et le timbre priment sur la hauteur. Tapio sourit, et ajouta, empli d'emphase :

« Cet ancrage implacable en si mineur, persistant en horizon lointain, y compris lorsque l'harmonie de surface devient quasi atonale, concourt à la création d'une atmosphère de confinement, d'oppression. Et vous, cher Johan, tel un voyageur égaré dans une forêt sans fin, ne pouvez vous échapper de cette sombre tonalité. Comment interprétez-vous l'absence quasi totale de cadences harmoniques claires et résolutives ? Il n'y a pas de destination, pas de repos, uniquement une errance perpétuelle, au sein d'un espace sonore sans issue. »

Johan l'interrompit :

« À l'image des ténébreuses forêts du Nord ? Je trouve au contraire votre royaume fascinant, même si je conçois aisément son âpreté, surtout l'hiver, où la nuit se révèle infinie… »

Patient, Tapio jeta un regard furtif à Luonnotar, puis tonna :

« La dissonance ne constitue pas un simple effet de couleur, une ombre projetée sur la mousse du sous-bois. Il s'agit d'un élément structurel, celui que nous cherchons à rétablir depuis notre rencontre. Au risque de me répéter, je vous rappelle que nous devons débusquer mes percussions… Suivez-moi. »

Tous se levèrent, à l'exception du psychologue, qui paraissait aussi stoïque qu'un marbre polychrome. Johan ne résista pas à la tentation de s'approcher de plus près. En examinant les narines, il remarqua que ces dernières frémissaient, à mesure que son interlocuteur respirait paisiblement. Dans le dessein de ne pas perturber l'impassibilité de cette dormition, il esquissa un léger geste de la main, puis s'inclina. Il se promit de revenir promptement, afin de reprendre le cours de cet échange, puis s'élança à travers la porte. D'un bond, il atterrit sur un sentier minuscule, bordé d'un étang au bleu profond.

***

Johan immergea son bras droit dans les flots. Las, il constata que celui-ci se trouvait toujours couvert de cette même pellicule noirâtre. Derrière lui, Luonnotar se voulut rassurante :

« Cette eau ne possède aucune vertu curative. En revanche, vous serez ravi d'apprendre qu'elle contient certainement l'objet de toutes nos convoitises. »

Plein d'espoir, Johan releva la tête, puis lança :

« Les timbales ? »

Près de l'eau, Tapio renchérit :

« Précisément, très chers, précisément. »

De ses doigts branchus, il souleva d'un geste ses deux comparses, et tous trois plongèrent dans l'onde frémissante. Surpris par la douceur du liquide, Johan soupira d'aise. Il constata qu'il pouvait de surcroit respirer sans peine. Il reporta son attention sur la surface. Cette dernière formait comme un miroir, à peine ridé des cercles concentriques de leur saut. À proximité de ceux-ci, de nombreuses autres formes arrondies naquirent, à mesure que les instruments se précipitaient à leur tour joyeusement dans les flots.

Johan scruta à nouveau ses bras. Si ceux-ci se trouvaient toujours accablés du même mal, ses effets se montraient moins prégnants, dans l'obscurité des fonds aquatiques. Johan s'en amusa. La pénombre de l'étang s'établissait comme un refuge. Pour autant, il saisissait parfaitement le salut délusoire sous-tendu par un tel réconfort factice. Masquer la souffrance et l'affliction ne les faisait pas disparaitre. De même qu'agir comme si le glioblastome s'était volatilisé ne signifiait pas en guérir. Il soupira.

Autour de lui, un ballet impromptu le tira quelque peu de sa mélancolie grandissante. Les instruments de Tapio avaient entrepris de tournoyer en tous sens, tout à l'alacrité de ce nouvel élément. Johan songea à *Tapiola*. Pour donner vie à son univers musical, Sibelius avait déployé un orchestre large et riche en couleurs sombres, incluant un piccolo, un cor anglais, une clarinette basse et un contrebasson. Ces derniers, à cet instant, évoluaient avec grâce à travers les rares rayons du soleil qui parvenaient jusqu'à eux. Johan tendit les mains vers leurs corps graciles, dépassant la simple audition pour solliciter une perception quasi tactile. Les principaux intéressés se laissaient faire, mutins.

Et les cordes ? Sibelius utilisait des *divisi* extrêmes, fragmentant chaque pupitre en de multiples lignes indépendantes, afin de créer des nappes sonores complexes, irisées et constamment mouvantes. Johan regarda autour de lui. Ces textures ne suggéraient pas le froid, elles *constituaient* le froid. Les trémolos, souvent joués *sul ponticello* (près du chevalet) pour un son strident et vitreux, ou *sul tasto* (sur la touche) pour un effet voilé et fantomatique, ainsi que les *pizzicati* et les effets de *col legno* (frappé avec le bois de l'archet), ne représentaient pas de vains artifices. Tout revêtait soudain les atours du réel le plus cru. Du tangible, dans l'intangible de cet étang trop bleu. Ces cordes brodaient le tissu même de la forêt : le bruissement des feuilles, le sifflement du vent dans les branches, le craquement du bois mort.

Mort, comme lui.

Le cor anglais se jucha alors sur son épaule. Johan ferma les yeux. Les bois étaient traités de manière tout aussi innovante. Ils fonctionnaient souvent en chœurs autonomes, détachés du reste de l'orchestre, produisant des voix flexueuses et désincarnées. Leurs longues tenues, chargées de dissonances subtiles, créaient un arrière-plan statique, suspendant la perception du temps, tandis que des traits rapides et furtifs figuraient des pas anxieux dans l'obscurité. Des pas ? Ou des brasses ?

Johan entreprit un crawl. Le liquide ne lui opposait aucune résistance. Tous ces sons ne décrivaient pas simplement la solitude, ils la matérialisaient parfaitement. La solitude d'un diagnostic macabre, celle de se savoir condamné. Face à l'immanité d'une telle réalisation, Johan fut pris d'une certaine colère. Son ire, aussi implacable, que froid, formait autour de lui un vortex traitre, dont les instruments s'éloignèrent aussitôt. Johan se sentait parvenu à la fin de *Tapiola*, comme à la fin de sa brève existence terrestre. Bien qu'abstraite dans sa construction, l'œuvre suivait en effet une trajectoire dramatique implicite, menant à un apogée d'une violence inouïe. Cette section, souvent qualifiée de « tempête », représentait l'explosion d'une tension longtemps accumulée. Johan, en cet instant, était tout à fait prêt à la faire advenir. Éclater, vrombir, détoner, consumer. D'un feu inexpugnable, brûlant même les ondes alcyoniennes de Finlande. De vibrants tourbillons balayaient désormais l'étang, jadis si calme.

Au loin, en retrait, Tapio et Luonnotar observaient avec appréhension la scène. Soudain, ils exultèrent. D'un nouveau siphon jaillirent les timbales, tonitruantes. Elles rejoignirent les autres instruments, demeurés à distance de ce chaos. La partition de Sibelius, animant l'orchestre *tutti*, semblait se révéler dans ces profondeurs déchaînées d'une fureur primale. Les dissonances stridentes des cuivres, les glissandos chromatiques des cordes et les roulements cataclysmiques des timbales s'unissaient en une saturation sonore totale, sous les yeux ébahis de Johan. Tous les instruments réunis, Tapio laissa éclater sa joie, tandis que Luonnotar éclairait de son regard nitescent les flots rendus presque entièrement fuligineux par la tempête. La respiration de Johan s'accéléra. L'air lui manquait. Il se hâta de regagner la surface.

Sur la berge de l'étang, médecins et psychologues l'attendaient, patients.

Cinquième Partie

Saltato

[37]

[37] Jean Sibelius, Extrait de *Tapiola*, Op.112, 1926, Breitkopf & Härtels Partitur-Bibliothek (Nr. 3328).

Johan retournait dans sa tête les prénoms de ses trois ennemis :

Glía

Blastos

Ôma

Ainsi qu'il l'avait anticipé, réunir tous les instruments ne l'avançait guère sur la connaissance de ces mystérieuses entités. Il se rappela les formes convoquées par Tapio, leurs ombres menaçantes. Les explications des médecins. Le protocole. À quelle étape se trouvait-il ? Après le diagnostic et la chirurgie d'exérèse initiale, la définition d'une stratégie thérapeutique adaptée, la radiothérapie, la chimiothérapie, les traitements complémentaires, la chimiothérapie, encore, les IRM régulières, le soutien psychologique, il se sentait las. Mélancolique. Usé. Il tâcha de concentrer ses forces, se remémorant les mots du neurochirurgien. Après quelques secondes, il lui sembla les entendre, tels qu'ils lui avaient été énoncés :

« En cas de progression tumorale et d'impasse thérapeutique, nous accélérons la mise en place des soins de support, afin de soulager vos maux »

Des soins palliatifs, sans autre perspective. C'était donc ça, le dernier chapitre ? La falaise au-delà de laquelle le sol se déroberait sous ses pieds ? Oh, Johan en avait déjà eu un avant-goût. Ainsi que lui avait répété l'équipe médicale, l'intégration précoce de ces soins constituait une pierre angulaire de la prise en charge de la tumeur. Contrairement à une croyance tenace qui les associait exclusivement à la phase terminale, leur introduction dès le diagnostic, en concomitance avec les traitements oncologiques, avait démontré son efficacité pour améliorer la qualité de vie, mieux contrôler les symptômes et réduire la détresse.

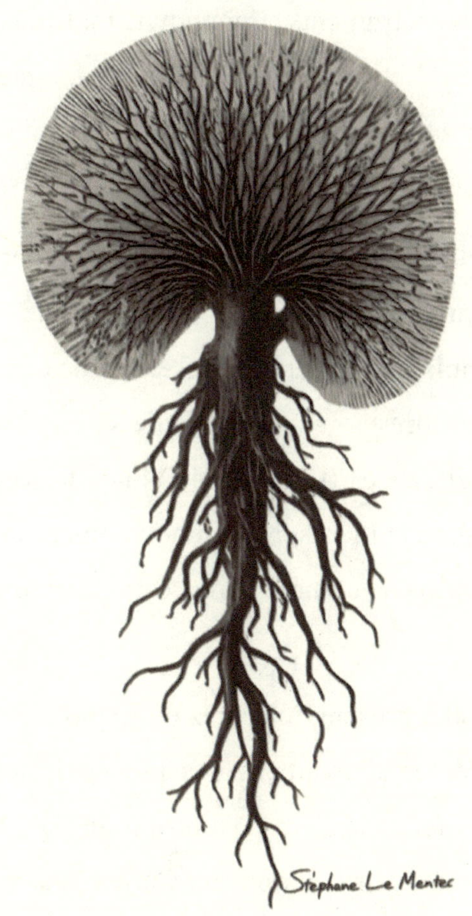

Johan en avait eu l'expérience directe, la certitude irréfragable. Cette approche favorisait l'instauration du dialogue, limitant la brume et le brouillard. À cette dernière pensée, il contempla son corps. Cette fois, ses bras et ses jambes ne formaient pas les seules parties de son être touchées par les cendres. Son torse, son cou, ses flancs, tous se couvraient désormais de la même pellicule. Johan le savait. Bientôt, son visage connaîtrait un sort similaire. Il s'arracha un instant de ces considérations macabres, pour examiner le spectacle enthousiasmant de Tapio et de ses instruments. Luonnotar, tout près, participait à la liesse, bondissant de bosquet en conifère, sa longue chevelure telle une rivière d'or et de soleil. Au moins, certains profitaient de l'aboutissement de leur quête.

Cela rassura quelque peu Johan. Qu'espérait-il, après tout ? Guérir d'une tumeur meurtrière, par le simple pouvoir de la musique ? Par ailleurs, il lui semblait confusément ressentir une certaine sérénité. La sensation de lâcher prise, au crépuscule de sa vie. Non qu'il se sente gagné par l'impuissance. Il en venait plutôt à accepter de ne pas comprendre. Comme si marcher dans la pénombre et le brouillard lui apparaissait désormais comme une caractéristique éminemment humaine.

Luonnotar chantait à présent, tout près de Tapio. Johan se laissa aller à la rêverie. Finalement, il avait passé beaucoup de nombreuses heures à décortiquer *Tapiola*, sans trop approfondir la pièce de Sibelius portant le nom même de sa compagne. Certes, tous avaient joué cette œuvre, dans la grotte. Mais que signifiait *Luonnotar* ? Souhait-il le savoir ? Pour dépeindre ce mythe des origines, Sibelius avait choisi de déployer un orchestre symphonique de composition standard : bois par deux, quatre cors, trompettes, trombones, deux harpes, timbales et cordes. Il l'utilisait toutefois avec une originalité et une puissance d'évocation sans précédent. La texture orchestrale, surtout, établissait la clé de voûte de l'œuvre, instituant un paysage sonore atmosphérique et éthéré. Hors du temps ? Il ne s'agissait pas du seul parallèle avec *Tapiola*, écrit plusieurs années après. Sibelius n'avait cessé de sculpter le son, en faisant osciller l'orchestre entre des couleurs sombres et lumineuses, brossant le tableau que Johan avait lui-même pu expérimenter sous la terre, lorsqu'il avait dirigé les instruments de Tapio, libérant leur nouvelle amie.

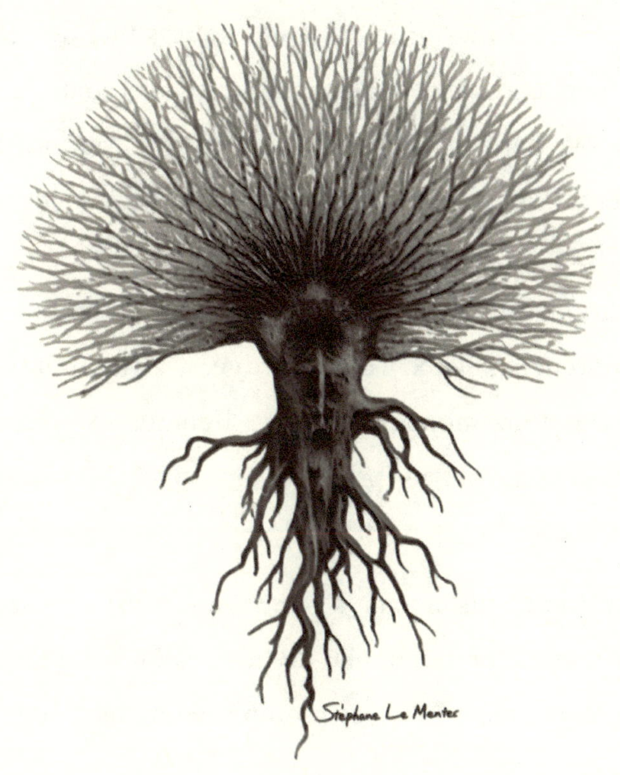

Il se remémora les premières mesures, leurs cordes divisées et frémissantes, cette atmosphère imperscrutable et divine. Le vide primordial avant la création, la sidération face au glioblastome. Les deux harpes et les timbales ne constituaient nullement de simples soutiens rythmiques ou harmoniques. Leurs arpèges spectraux et leurs roulements sourds pouvaient tout à la fois suggérer le clapotis des eaux originelles, annoncer la violence de la tempête, ou souligner le mystère insondable de la naissance du cosmos. Comme l'étang dans lequel tous avaient plongé, un peu plus tôt. La voix de Luonnotar résonnait de plus belle. Johan sourit en lui-même.

Si l'orchestre dressait le décor cosmique, c'était cette voix de la soprano qui donnait une âme au mythe, la plaçant aux extrêmes limites de nos capacités vocales. Elle exigeait une tessiture de deux octaves complètes, une endurance considérable et un contrôle technique absolu, dont le paroxysme se jouait dans l'exécution du fameux contre-ut bémol, à émettre pianissimo, un véritable défi pour toute interprète. Luonnotar semblait d'ailleurs s'en tirer avec une déconcertante facilité, et Johan en conçut une admiration béate. Les larmes lui vinrent aux yeux. Tel un vertige, il vivait l'ambivalence de cette maestria d'un monde singulier, l'entourant comme la mer enveloppe la déesse, tout en éprouvant plus vivement la fragilité de sa propre existence.

Sibelius parvenait justement à créer une fusion parfaite entre l'immortalité surnaturelle de la divinité, alliée à une souffrance profondément humaine. Johan se promit d'en parler à son thérapeute.

Il se demanda s'il lui serait possible de réclamer l'une ou l'autre de ces œuvres, à son prochain entretien. La musique ne le sauverait pas du trépas, mais elle le prémunissait du désespoir. Il gonfla ses poumons de l'air du sous-bois. Les cendres n'avaient pas encore consommé la forêt de Tapio, et il comptait bien écouter l'orchestre de leurs voix nitescentes.

***

À l'hôpital, les teintes claires de la chambre de Johan s'étaient parées de couleurs vives, incarnées par des bouquets majestueux, des vases chaleureux, comme autant d'ocelles chatoyants. D'où provenaient ces offrandes propitiatoires ? Il ne se souvenait plus avoir croisé ses proches, ni ses amis. Moult missives attestaient pourtant du contraire. Machinalement, il entreprit d'évaluer l'apparence de ses membres. Ces derniers, loin des rouges et des jaunes des fleurs placées près du lit, impressionnaient par leur noirceur. Dans le reflet convexe d'un présent disposé à quelque distance de son couchage, il se vit. Incapable de retenir son effroi, Johan frémit. Qu'était-il advenu de ses yeux, de son sourire, ou encore de son nez ? Ses propres traits lui paraissaient frappés d'un voile fuligineux. Une infirmière pénétra alors dans la chambre, et il affecta de se rasséréner quelque peu. L'intéressée jeta un regard furtif vers le malade, puis ressortit aussitôt. Dès qu'elle fut partie, Johan tourna à nouveau la tête vers son miroir spectral. Cette fois, son apparence s'avérait parfaitement normale. Dans le couloir, il lui sembla entendre les voix des médecins :

« Un phénomène d'anosognosie, assurément… Une conscience limitée de ses troubles, ainsi que nous l'avions détecté au dernier entretien… Oui, tant en matière de déficits cognitifs que de changements comportementaux. L'atteinte des régions cérébrales responsables de l'introspection, de la métacognition. Cela l'empêche de discerner la sévérité de ses altérations. »

Johan fronça les sourcils. Se pouvait-il qu'il se sente « bien », alors que son entourage se montrait le témoin d'une dégradation majeure ? Ce décalage d'appréciation lui paraissait receler d'un paradoxe fort douloureux. Comme une nouvelle solitude perceptive. Cela considéré, il devait bien avouer qu'il ressentait lui-même une indéniable lassitude. Non pas une fatigue ordinaire, mais plutôt un état d'épuisement persistant, non proportionnel à l'effort fourni et non soulagé par le repos.

Il pensa au *Silence*[38], de Füssli. Tel le motif suggéré de la toile, cette fatigue se révélait multidimensionnelle, implacable. Se pouvait-il qu'elle puise en outre ses racines dans une certaine affliction de l'âme ? À la manière de ce grand brouillard, dont la source pouvait tant se trouver dans les conséquences des traitements, que dans la récidive de la tumeur, ou dans les déficits cognitifs qu'elle entraînait. Un fossé supplémentaire, l'écartelant douloureusement entre son

[38] Johann Heinrich Füssli, *Silence*, 1799-1801, huile sur toile, 63,5cmx51.5 cm, Kunsthaus de Zürich.

appréhension de la maladie, et la réalité de son quotidien. Il soupira. Un léger craquement retentit alors, et Johan reporta instinctivement son attention sur l'origine du bruit. Ce dernier semblait provenir de sous son lit. Précautionneusement, il se baissa, tant et si bien qu'il finit par perdre l'équilibre, et par chuter en contrebas. Il atterrit sur un épais tapis de mousse, où Tapio et Luonnotar paraissaient l'attendre. Autour de lui, nulle trace de l'hôpital. Les présents et les fleurs avaient laissé la place aux altiers conifères. Le dieu forêt lui lança, jovial :

« Cher Johan ! Nous n'avions pas encore pris le temps de célébrer votre contribution, dans la réunion de mon orchestre… »

À ces mots, les instruments de Tapio s'attroupèrent autour de lui. Il poursuivit, docte :

« Comprenez-vous ? Rallier les bois, les cordes, les cuivres et les percussions ne se résume pas à rassembler les ingrédients d'une recette miraculeuse. La réponse se niche dans l'œuvre elle-même. »

Johan n'était pas certain de saisir. Que lui apportait cette réalisation, au seuil de la mort ? Certes, la production de Sibelius évoluait parfois à la lisière de la tonalité, se détachant des principes de l'harmonie fonctionnelle classique. S'agissait-il d'une mise en abyme de sa propre impuissance, face à l'inexpugnable létalité de la tumeur ? Une dissonance dépassant le simple passage obligé vers une résolution consonante, se muant en un état, une couleur expressive fondamentale ? Comme dans la partition, les tissus tumoraux s'accumulaient, couche après couche, sans jamais véritablement s'élucider. À cet instant, Johan repensa au diagnostic initial, en compagnie du neurochirurgien, du neuro-oncologue et du psycho-oncologue. Auparavant, la notion de glioblastome recouvrait une hétérogénéité moléculaire et pronostique, laissant une part d'incertitude. Ce pouvait être une tumeur moins implacable. Le patient pouvait espérer survivre. Se voir, a minima, ménager un espace d'optimisme. La classification de 2021, telle qu'il l'avait identifiée ensuite dans ses recherches, réservait l'appellation glioblastome aux formes *IDH-wildtype*. Les plus sévères. De celles qui éliminent toute ambiguïté. Johan s'était donc trouvé confronté non seulement au choc de l'annonce de cette tumeur cérébrale, mais aussi à la confirmation quasi immédiate de son appartenance à la catégorie pronostique la plus défavorable. Il frissonna, les yeux écarquillés, comme il l'avait fait dans ce bureau clair, il y a quelques mois.

Cette double peine diagnostique avait-elle contribué à amplifier le traumatisme initial ? Incontestablement. Elle imposait un face-à-face direct et brutal avec la finitude. L'accompagnement ne pouvait plus s'appuyer sur une incertitude pronostique. Il devait d'emblée s'orienter vers la gestion d'une crise. D'un effondrement existentiel aigu. Johan avait beau scander les trois patronymes grecs, les médecins opérer, bombarder et traiter le glioblastome, ce dernier revenait toujours. Vaincre la tumeur, sans détruire la forêt. Mais pouvait-on terrasser un adversaire indéfectible, et préserver un écosystème condamné par avance ?

Les harmonies du sublime naissaient de l'errance brûlante des lignes mélodiques, du sentiment de distance, d'émerveillement et d'effroi.

Ce même sentiment que Johan ressentait, en sa chair et en son âme, à cette seconde.

« La réhabilitation s'avère vraiment centrale. Elle tend à atténuer l'impact des troubles cognitifs sur le quotidien, Johan. Nous allons envisager deux axes : la stratégie restauratrice, et l'approche compensatoire. Pour la première, je vous propose un entraînement de l'attention et de la mémoire de travail. La seconde visera davantage à vous enseigner les bonnes tactiques, pour contourner le déficit. »

La voix du neuropsychologue venait d'échouer aux oreilles de Johan. Comment avait-il quitté les sous-bois, la compagnie de Tapio, de Luonnotar et des instruments ?

Il considéra un instant son interlocuteur. Le croirait-il, s'il lui révélait sommeiller sur un matelas de mousse, arpentant les forêts de Finlande, les défendant contre un ennemi tricéphale aux intentions contumélieuses ? Le mieux serait de convier l'équipe médicale à une représentation de *Tapiola*, et de mettre en exergue, ce faisant, tous ses compagnons. À cette pensée, Johan fut soudain pris d'un doute vertigineux. Comment allait-il faire partir les cartons d'invitation ? Et à quelle échéance convoquer les participants ? Les usages sociaux en vigueur imposaient de prévoir un délai suffisamment long, afin que chacun puisse s'organiser. Or, face à la tumeur, le temps constituait justement la ressource la plus rare. Celle dont la présence faisait cruellement défaut.

Johan estimait pouvoir tenir au moins la durée du concert, porté par les vingt minutes de l'œuvre de Sibelius. En revanche, il lui paraissait bien moins probable de résister jusqu'à l'arrivée de l'hiver. Il frissonna. Le court été ferait place aux nuits infinies. Jamais crépuscule ne lui avait semblé aussi amère. Qu'importe. Il ferait autrement. Après tout, installer la scène au milieu de la cour de l'hôpital pourrait suffire à attirer les praticiens. La musique s'élèverait, puissante, dans les airs, à travers les couloirs, dans les salles d'attente. Les patients pourraient venir, en outre. Même les intubés ? Il serait certes cavalier de convier le service réanimation et soins intensifs. Chacun pourrait déterminer à loisir l'opportunité de quitter ses fonctions, selon les impératifs du moment.

« Je trouve l'idée brillante ! »

Luonnotar, sémillante, venait d'entrer dans le bureau du psychologue, accompagnée de Tapio et de ses instruments. Le thérapeute ne parut pas prendre ombrage de cette interruption. À y regarder de plus près, Johan réalisa qu'il se muait progressivement en une majestueuse touffe de roseaux. Il sourit. Près de lui, Luonnotar reprit :

« Ma voix portera au-delà de ces murs, croyez-moi. Je m'en servirai pour convier notre public. La représentation se montrera à la hauteur de notre périple, et constituera le point d'orgue de notre quête, en ce qu'elle ne dépeindra pas simplement la forêt du point de vue de l'homme. Elle en sera la quintessence, entité ancienne, mystérieuse, aux songes sauvages et somptueux… »

Quelque peu rasséréné, Johan s'enquit toutefois d'une ultime interrogation :

« Croiserons-nous mes ennemis ? Ceux dont la présence rôde tout autour de nous, sans qu'il nous soit pour autant possible de les décrire, sans même parler de les qualifier véritablement ? »

Une profonde lassitude se lut sur son visage, au prononcé de ces derniers mots. Tapio, se voulant rassurant, murmura leurs trois noms, dont la litanie revêtait désormais valeur d'antienne :

« Glía

Blastos

Ôma »

Il porta son attention vers la fenêtre, puis tous s'absorbèrent dans un long silence, que rien ne vint briser. Johan regarda à nouveau les roseaux qui ondoyaient avec grâce devant lui. Illuminés des rayons du soleil, ils se paraient se reflets coruscants. Johan aurait voulu fixer cette image en sa rétine, pour toujours. Une larme agate coula sur sa joue.

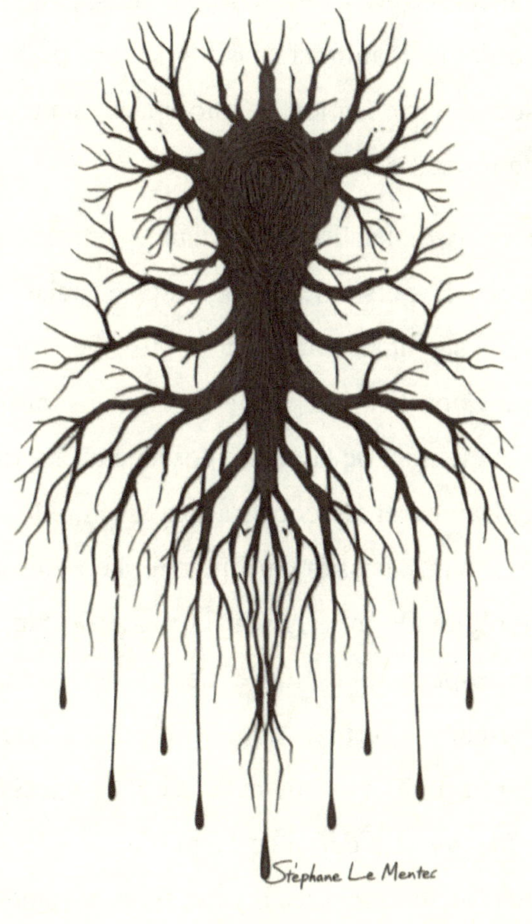

***

La scène avait été installée au milieu du parc, sur une pelouse verte et drue. Au moyen de souches d'arbres et d'enchevêtrements de végétaux, les instruments avaient pu se jucher sur ce qui ressemblait à une estrade aussi luxuriante qu'onirique. Tapio et Luonnotar contemplaient le résultat final, visiblement satisfaits. Plus que jamais, ils dépassaient de beaucoup leur qualité de déités anthropomorphes régnant sur la forêt. Ils *étaient* cette *forêt*, une manifestation consciente et incarnée de l'écosystème lui-même. Cette image traduisait une ontologie animiste profonde, où la distinction entre l'individu et son environnement s'estompait totalement, au profit d'une continuité fondamentale.

Johan, fort de cette réalisation, regardait à présent autour de lui. Visiteurs, patients et personnels soignants circulaient sans prêter attention à ce qui se jouait sous leurs yeux. Se trouvaient-ils trop absorbés par leur quotidien ? S'épanouissaient-ils en dehors de cette vision, où chaque élément de la nature possède un esprit, favorise une relation de coexistence et de coopération essentielle à la survie du tout ? À ce titre, Johan saisissait parfaitement la portée de son périple. Une épopée biorégionale, enseignant la place du bien-être humain, indissociable du respect des entités et des processus naturels. En lui-même, Johan espérait surtout que la réception de leur concert symphonique serait meilleure que celle récoltée par Sibelius, lors de la première de *Tapiola*. La défiance du public de l'époque tenait-elle à cette difficulté d'abandonner les perspectives purement naturalistes, au profit de l'animisme professé plus haut ?

Quoi qu'il en soit, le compositeur s'était subséquemment retiré en un mutisme complet, que d'aucuns se plaisaient à nommer *Silence de Järvenpää*, énigmatique solitude créatrice de trente ans qui ne devait plus être rompue. Mais Johan ne disposait pas de ce luxe. Sa retraite à lui s'avèrerait immédiate, et éternelle. Il secoua la tête. Hors de question d'y songer maintenant. Comme pour dissiper ces funestes pensées, il reporta son attention sur la scène. Il vit d'abord les bois : trois flûtes, dont une jouant du piccolo, deux hautbois, le cor anglais, deux clarinettes, une clarinette basse, deux bassons, un contrebasson. Vint ensuite le tour des cordes : les premiers violons, les seconds violons, les altos, les violoncelles, les contrebasses. À mesure que Johan examinait avec admiration chacun de ces êtres féériques, il se remémorait son parcours à travers la forêt.

Son regard se porta alors sur les cuivres : quatre cors, trois trompettes, trois trombones ; puis enfin sur les percussions, représentées par les timbales. L'orchestre, réuni, flamboyant, majestueux, souverain. Tout était prêt pour *Tapiola.* Johan ressentait en son cœur la résonance profonde de l'œuvre, celle-là même que tous s'apprêtaient à interpréter, avec les arts visuels et les courants philosophiques de son temps.

Au-delà du motif végétal, elle révélait la richesse de ses racines culturelles et la dimension universelle de son propos. Le symbolisme finlandais, cette force muée en une vision de la nature éloignée du décor idyllique, exprimée par la beauté brute, farouche et chargée de mystère. Celle-ci instituait le codex de sa matière cérébrale, mais aussi le miroir de son âme bientôt trépassée. Johan pensa alors à la toile d'Akseli Gallen-Kallela, *Palokärki, Le Grand Pic Noir*[39], particulièrement emblématique de cette approche. Dans un panorama hivernal désolé, un unique oiseau sombre s'accrochait à un arbre mort, la tête penchée, comme pour pousser un cri spectral. L'artiste lui-même avait suggéré que cette œuvre formait une allégorie de l'homme hurlant sa solitude.

À la manière de la scène improvisée au cœur de l'hôpital, ce pic noir constituait le porte-voix de la forêt elle-même, une manifestation tangible de l'esprit indompté du royaume de Tapio. Le paysage, loin d'incarner un arrière-plan purement décoratif, se révélait vivant,

[39] Akseli Gallen-Kallela, *Palokärki, Le Grand Pic Noir*, 1818, huile sur toile marouflée sur carton, 146x91cm, Musée d'Orsay, Paris.

animé par une présence, qu'elle soit celle de l'oiseau, de l'artiste ou du monarque sylvestre lui-même. Johan s'arrêta sur cette conclusion. La forêt face aux cendres, son cerveau face au glioblastome, tout s'instituait en un ensemble dynamique et universel.

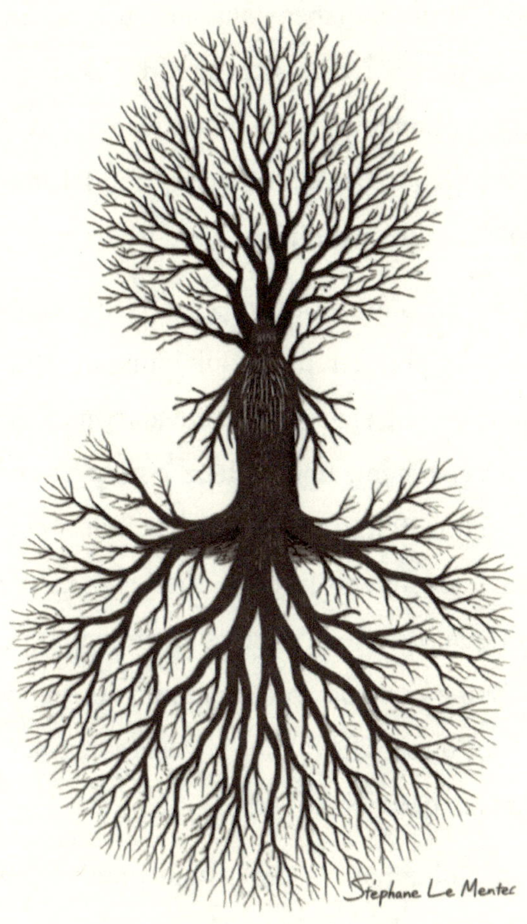

En peignant la majesté, le silence et la sauvagerie des forêts finlandaises, Gallen-Kallela n'avait pas illustré le mythe de Tapio, il avait reproduit son sanctuaire, rendant visible le sacré immanent dans le monde naturel. Pareille réflexion tenait pour le *Kalevala*, dont la figure du dieu forêt était immédiatement issue : sa puissance évocatrice apparaissait indissociable de sa structure métrique rigoureuse, le tétramètre trochaïque. Cette forme poétique, au-delà du simple ornement, constituait le véhicule même de la vision de l'épopée. Chaque vers se trouvait composé de quatre pieds trochaïques, soit huit syllabes suivant un schéma rythmique accentué/non accentué[40]. Cette structure de base, enrichie par un ensemble de règles phonétiques et stylistiques complexes, ne servait pas seulement la mémorisation. Elle amplifiait l'image lyrique du récit, en lui conférant une profondeur stéréoscopique.

Le mètre s'avérait en outre gouverné par la quantité syllabique, la durée. En dehors du premier pied, qui jouissait d'une plus grande liberté, une syllabe longue et accentuée devait coïncider avec un temps fort du mètre. Inversement, une syllabe courte et accentuée devait tomber sur un temps faible. Les syllabes non accentuées étaient neutres et pouvaient occuper n'importe quelle position. Pour préserver la fluidité rythmique, des contraintes s'appliquaient à l'articulation. Un mot monosyllabique ne pouvait clore un vers, et un mot de quatre syllabes ne pouvait être à cheval sur la césure centrale, qui se situait typiquement après le deuxième pied.

Johan le réalisait pleinement, à cet instant précis. Cette architecture poétique ne relevait pas du simple contenant. Elle incarnait un système cognitif, encodant une ontologie. Le parallélisme, en présentant une même réalité sous plusieurs vocables, reflétait une vision du monde où les choses possédaient une essence multiple. Comme celle du

---

[40] Schéma en « DA-da DA-da DA-da DA-da ».

miroir s'établissant entre son cerveau et la forêt. Le rythme trochaïque, persistant et incantatoire, se révélait le support idéal pour les formules magiques et les charmes qui constituent une part substantielle de l'épopée du *Kalevala*, transformant le chant en acte de pouvoir. La cosmogonie elle-même ne symbolisait pas un événement relégué à un passé lointain ; elle s'avérait constamment ravivée dans les rituels et les évocations, afin de conférer une vivacité initiale à l'action présente.

Ainsi, la forme poétique ne se contentait pas de raconter l'odyssée. Elle la transcendait, abolissant la distance entre le temps des origines et le moment de la récitation. C'est exactement ce que Johan comptait bien faire, en dirigeant les instruments. Il s'avança vers l'estrade végétalisée, sous les regards approbateurs de ses compagnons. Après tout, tout le monde n'avait pas la chance de conduire l'exécution d'un tel chef-d'œuvre musical, en compagnie de deux des plus grandes figures de la mythologie finlandaise.

Contrairement à l'expérience de la caverne, où il s'était senti quelque peu fébrile, Johan ressentait désormais la puissance suggestive de Sibelius parcourir ses veines. Qu'importe si ces dernières se paraient des reflets profonds de l'obsidienne, et si ses joues se montraient aussi creuses que le lit d'un ruisseau de montagne. Il se mit en place, ferma les yeux, et laissa sa respiration guider ses mains.

***

Quand les premières notes de *Tapiola* retentirent, tout sembla ralentir alentour. Les anguleux contours des bâtiments se couvraient de branches et de feuilles flexueuses, alors que les bancs se paraient de mousses et d'écorce. Le sol, jusqu'ici garni d'une pelouse généreuse, se rehaussait de plantes des sous-bois, d'insectes et de bruissements, chaque herbe se déployant gracieusement vers le ciel.

En un rien de temps, il parut à Johan que l'hôpital se muait en palais merveilleux. Celui de Tapio ? Peut-être. L'édifice lui inspirait quoi qu'il en soit une sagesse ancienne : la nature ne constituait pas un outil, mais un partenaire exigeant, un souverain dont il fallait mériter la bienveillance. Une parabole intemporelle, sur la nécessité pour l'humanité de retrouver sa juste place au sein du vivant. Telle une illustration de cette pensée, médecins et infirmières glissaient à présent d'arbre en arbre, à la manière de sémillants sylvaniens. À mesure que le morceau progressait, Luonnotar emplissait ses poumons d'air, puis projetait une brise puissante autour d'elle, comme un tourbillon sonore conduisant les harmonies et les dissonances dans le lointain, au-delà des frontières du tangible.

Johan ressentit alors un picotement sur ses bras et ses jambes, puis en son corps tout entier. Les cendres demeuraient bien présentes, partout sur son épiderme, mais elles disputaient maintenant leur territoire récemment conquis avec de subtils reflets émeraude. Une guérison miraculeuse ? Un retour à la nature, plutôt, faisant fi de l'identité exacte de Glía, Blastos et Ôma. La tumeur s'était emparée de ce qu'elle pouvait prendre, mais cette victoire sépulcrale du glioblastome n'en était pas une. Il n'était même plus question de gagner, ou de perdre. D'annuler l'effet direct de l'attaque, cet effet de masse indicible, l'œdème périlésionnel brûlant, l'infiltration des réseaux de substance blanche. Peu lui importait l'iatrogénicité inévitable des traitements, la neurotoxicité de la radiothérapie cérébrale et de la chimiothérapie.

Pour la première fois, Johan ne se plaçait plus en marge. Des plantes s'épanouissaient désormais sur tout son corps, et il sentit que sa chevelure s'allongeait de roses trémières, de bruyères et d'airelles. Le final approchait. Cette fois, il ne ressentait plus la terreur, ou en tout cas plus seulement. Johan repensa à une de ses lectures récentes, un ouvrage du théologien et philosophe allemand Rudolf Otto. Dans *Le Sacré (Das Heilige)*[41], ce dernier parlait du « *mysterium tremendum et fascinans* ». *Tapiola* était tout cela. *Tremendum*, horrifique, écrasante, inspirant l'effroi et le sentiment de sa propre immanence face à une puissance insondable. *Fascinans*, car attirante, séduisante, captivante et exaltante malgré la peur.

[41] Rudolf Otto, *Le Sacré, 1917*, Payot pour l'édition française, Petite Bibliothèque.

Johan porta à nouveau son attention sur l'hôpital, changé en sanctuaire végétal. Après tout, cette métamorphose fantastique ne se révélait pas juste sublime. Elle était numineuse. Lieu d'une rencontre avec une présence sacrée, au sens païen et primordial du terme. Comme dans la toile d'Albert Edelfelt, le *Coucher de soleil sur les collines de Kaukola*[42].

Près de Johan, en son sein et en son cœur, les instruments se déchaînaient désormais en *Tutti* orchestral massif, dans une tempête laissant éclater les dissonances stridentes des cuivres, les gammes rapides des bois, les trémolos furieux des cordes. Alors que la forêt autour de lui vibrait de cette saturation sonore, Johan se sentit submergé, gagné par la tension irrésolue à laquelle le soumettait l'ambivalence entre la répulsion et l'attraction. Ses pieds s'enracinèrent au sol, tandis que ses bras levés vers le ciel se chargeaient de branches majestueuses, portant la quintessence de cette évocation sylvestre. Il repensa à Sibelius. À la trajectoire de son existence tout entière vouée à la musique. Le long silence qui avait suivi la composition de *Tapiola* avait souvent été interprété en un signe d'épuisement créatif. Une autocritique paralysante, l'empêchant de satisfaire à de nouvelles commandes, de se hisser aux attentes de son siècle.

Une autre lecture s'imposait. Ce silence ne constituait pas une absence, mais la seule réponse logique et nécessaire, après avoir

---

[42] Albert Edelfelt, *Coucher de soleil sur les collines de Kaukola*, 1889-1890, huile sur toile, 116,5 cmx83cm, Musée d'Art Ateneum, Helsinki.

formulé une vérité fondamentale. Une réalisation aussi terrible, sur la nature, et sur la place de l'homme en son sein. Après avoir regardé le monarque des bois dans les yeux, après avoir transcrit son souffle et sa fureur, que restait-il à proclamer ? *Tapiola* s'établissait comme l'œuvre qui, en disant tout sur son sujet, rendait toute parole ultérieure superflue. Le point d'orgue sombre et magnifique d'une vie de création.

Quand les dernières notes vibrèrent, Johan exhala un discret soupir, puis ferma les paupières. Au loin, le soleil se couchait, signant la fin de l'été arctique, des jours sans sommeil. Après tout, il avait bien mérité ce long repos, celui de la nuit éternelle. Tapio, Luonnotar et les instruments entourèrent l'arbre qui se dressait désormais au centre d'un parterre de fleurs. Les soignants, massés près de Johan durant tout le concert, mêlés à la nature luxuriante, observaient la scène avec gravité. Bientôt, tous s'éloignèrent, le cœur gros, et il ne resta qu'une forêt somptueuse, à la majesté inexpugnable et vertigineuse.

Sereine, absolue.

Un accord de si majeur retentit, inattendu. Il résonna parmi les conifères, ricochant sur leurs branches, bruissant dans leur feuillage, ultime hymne pulsatoire à la maestria de l'existence.

Table

Du même auteur

Les Paladins des Terres Lointaines, Tome I, Pour le Courage et la Gloire, 2023.

Les Paladins des Terres Lointaines, Tome II, Pour la Vérité et l'Honneur, 2024.

Au-delà du raptus, 2025.

Le sublime sylvestre, 2026.

www.ingramcontent.com/pod-product-compliance
Lightning Source LLC
LaVergne TN
LVHW090952080826
845145LV00003B/979

* 9 7 8 2 9 5 8 9 7 7 6 6 5 *